Annemie

GOLDMANN
GROSSCHRIFT

Walter Kempowski, geboren 1929, erregte durch seinen Haftbericht „Im Block" (1969) erstmals literarisches Aufsehen. Mit „Tadellöser & Wolff" und den darauf folgenden Romanen und Materialsammlungen wurde er zum „Chronisten des deutschen Bürgertums", wie die Presse schrieb. 1988 erschien sein Roman „Hundstage", 1990 „Sirius. Eine Art Tagebuch", 1991 „Mark und Bein. Eine Episode". Ein sensationeller Erfolg gelang Kempowski mit seiner monumentalen, von der Kritik mit einhelligem Beifall aufgenommenen Collage „Das Echolot. Ein kollektives Tagebuch" (1993); sie erinnert mit Briefen, Tagebuchnotizen und anderen Aufzeichnungen namenloser und prominenter Zeitgenossen, mit Bildern und Dokumenten an einen dramatischen Wendepunkt deutscher Geschichte, die Schlacht um Stalingrad in den Wintermonaten 1942/43.

Von Walter Kempowski liegen als
Goldmann-Taschenbücher in Normalschrift
folgende Werke vor:

Aus großer Zeit. Roman (3933)
Schöne Aussicht. Roman (6721)
Tadellöser & Wolff. Roman (3892)
Herzlich willkommen. Roman (6833)
Haben Sie Hitler gesehen? Deutsche Antworten.
Nachwort: Sebastian Haffner (9594)

Hundstage. Roman (9325)
Sirius. Eine Art Tagebuch (41490)
Mark und Bein. Eine Episode (42159)

Walter Kempowski

MARK UND BEIN

Eine Episode

GOLDMANN VERLAG

Ungekürzte Ausgabe

Umwelthinweis:
Alle bedruckten Materialien
dieses Taschenbuches sind chlorfrei
und umweltschonend.

Der Goldmann Verlag
ist ein Unternehmen der Verlagsgruppe Bertelsmann

Genehmigte Großschriftausgabe 5/95

Umschlaggestaltung: Design Team München
Umschlagfoto: TCL/Bavaria, Gauting
Satz: Filmsatz Schröter GmbH, München
Druck: Presse-Druck Augsburg
Verlagsnummer: 7300
MV · Herstellung: Stefan Hansen
Made in Germany
ISBN 3-442-07300-6

1 3 5 7 9 10 8 6 4 2

Für Robert

Das Wort Gottes ist lebendig und kräftig und schärfer denn kein zweischneidig Schwert, und dringt durch, bis daß es scheidet Seele und Geist, auch Mark und Bein, und ist ein Richter der Gedanken und Sinne des Herzens.

Hebr. 4,12

1

In Hamburg, in der Isestraße, gibt es noch eine ganze Reihe stattlicher Wohnhäuser aus der Zeit der Jahrhundertwende, hinter alten, schwarzen Kastanien stehen sie, mit frühlingshaften Stuck-Ranken verziert, fünf, sechs Stockwerke hoch, herrschaftlich gebaut, mit einer triumphierenden Jahreszahl am Giebel. Die Treppenhäuser sind gekachelt, und altersschwache Aufzüge ruckeln darin hinauf und hinunter, deren Türen aus Schmiedeeisen gemacht sind. Wie in Paris kommt man sich vor, wenn man in ihnen hinauf- oder hinunterruckelt, wie in Paris, London oder Mailand.

Die Isestraße wäre nicht „stehengeblieben" im Krieg, wenn die Bombenschützen der alliierten Luftflotten eine hundertstel Sekunde früher oder später auf den Auslöseknopf gedrückt hätten. Ringsumher Feuersturm, Explosionen und Verschüttungen – die Isestraße blieb stehen, und sie steht noch heute, mit gekachelten Treppenhäusern und ruckelnden Aufzügen, trotz Spekulantentums und Renovierungssucht.

Durch die von den übergroßen Kastanien in vornehmem Schatten gehaltene Straße – und das ist etwas Besonderes – donnert alle fünf Minuten die Hochbahn über stählerne Schienenträger, die von den Antiquitätenhändlern der Gegend wohl schon längst ihrer Jugendstilverzierungen beraubt worden wären, wenn sich das hätte machen lassen. Unter der Hochbahn werden Autos geparkt, und zweimal die Woche ist dort Bauernmarkt, mit blassem Schlachtgeflügel, Schwarzwälder Steinofenbrot und unreifen Südfrüchten.

Vorn die Hochbahn und hinter den Häusern der Isebek-Kanal, ein stillgelegter trüber Seitenarm der Alster, auf dem Touristen mit Tretbooten umherfahren.

In einem dieser Häuser wohnte Jonathan Fabrizius, von seinen Freunden „Joe" genannt, dreiundvierzig Jahre alt, mittelgroß, ein Mensch, der sich sein gescheiteltes Blondhaar vom Haarschneider kürzen und nicht von einem Hair-Styler stylen ließ.

Das Beste an ihm waren seine Augen. Ohne durch Mikroschielen oder astigmatische Krümmungen behindert zu sein, weder kurz- noch weitsichtig, registrierte er alles, was ihm begegnete. Zwar waren seine Ohrläppchen immer etwas unsauber. Auch hatte er sich schon mal in einen Papierkorb erbrochen – seine Augen aber waren hell und klar, und das sahen auch die Menschen, die mit ihm zu tun hatten.

„Er mag sein, wie er will“, sagten diese Leute, „aber irgendwie ... ich weiß es nicht ...“

Jonathan hatte allerhand studiert, Germanistik, Geschichte, Psychologie und Kunst. Er war hineingestiegen in die Streben der alten Mühle, immer höher hinauf ins staubige Gebälk, und er hatte hinausgeguckt aus den spinnenblinden Schlitzfenstern, über die satte Ebene hinweg, und Klarheit und Wahrheit waren über ihn gekommen. Und da saß er nun mit seiner Klarheit und Wahrheit, und er sah sich um: Was sollte er beginnen mit der Veredelung seiner Ganglien? Wozu sollte sie ihm taugen?

Immatrikuliert war er noch, das hatte was mit der Krankenversicherung zu tun, aber das Studieren hatte er aufgegeben. Er lebte von Zeitungsartikeln, für die er von Magazinen und Zeitschriften regelmäßig Aufträge erhielt, denn die Redakteure schätzten den Schmiß seiner Diktion und die Pünktlichkeit, mit der er ablieferte. Leben konnte er nicht von diesen Aufträgen, das hatte er auch gar nicht nötig, denn er bekam einen monatlichen Wechsel von seinem Onkel, der in Bad Zwischenahn eine Möbelfabrik besaß, in der preiswerte Auszieh-Schlafcouchen einfachsten Zuschnitts hergestellt wurden, für die sich noch immer Abnehmer hatten finden lassen.

Jonathan bewohnte das hintere Zimmer der Wohnung, mit Blick auf den Isebek-Kanal, seine Gefährtin Ulla wohnte nach vorn, zur Straße hin. Die Schiebetür, die die beiden großen Räume verband oder trennte, wie man's nimmt, war zugestellt, auf Jonathans Seite mit einem schadhaften Ledersofa, bei Ulla hingegen mit einer Bücherwand und einer Stereoanlage, aus der, besonders abends, altvertrauter Wohlklang strömte, auf den Ulla Wert legte: das Es-Dur-Klavierkonzert oder die Prager Symphonie, immer wieder, und der Kickser des Horns immer an derselben Stelle. Über ihrem Biedermeiersofa hingen in Gold gerahmte Bleistiftskizzen von Du Bois, und über dem Couchtisch verbreitete eine französische Lampe mit orangerotem Glasschirm behaglichen Schein.

Jonathan besaß weder eine Stereoanlage noch eine Sitzecke. Das große Ledersofa, auf dessen Sitzfläche Roßhaar aus einem Hakriß sproß, war sein wichtigstes Möbelstück. Hier schlief er, hier verkleckerte er seinen Yoghurt, und hier las er populärwissenschaftliche Literatur der verschiedensten Sparten, damit er den Überblick behielt, wenn er auch nicht recht wußte: wofür. Auf einem weißen Küchentisch vor dem Sofa stand die offene Hämmerschreibmaschine, deren e nicht funktionierte. Daneben Zeitungen und Bücher und eine Untertasse mit Streichhölzern, benutztes Ohropax, gebrauchte Socken. Von der Decke herunter, aus einem verstaubten Stuckkranz heraus, hing eine schirmlose Glühbirne, die gab genügend Licht.

Der Parkettfußboden seines Zimmers war mit Stragula belegt. Jonathan hatte den abstrakt gemusterten Belag herausreißen wollen, weil der Holzfußboden darunter nicht atme, wie er meinte, ein großes Stück hatte schon dran glauben müssen, dann hatte seine Freundin jedoch festgestellt, daß es sich bei dem Design des Bodenbelags um eine interessante Arbeit aus den frühen Dreißigern handelte, Wladimir Kolaschewski, also aufhebenswert! Seither wirkte sein Zimmer mit dem ruinierten Fußbodenbelag recht provisorisch, so als hätte man die Handwerker nicht bezahlen können. Jonathan starrte hin und wieder nägelkauend auf das Stragula-Muster. In seiner Phantasie stellte es eine Landkarte dar mit Straßen, Flüssen und Städten, Anreiz für längere Gedankenspiele. Schade, daß das herausgerissene Stück nicht mehr vorhanden war, man hätte es einrahmen und an die Wand hängen können.

Statt dessen hing an der Wand ein Gemälde von Botero, ein feistes Kind in duffen Farben. Jonathan hatte es in den Sechzigern erworben und hundertmarkweise abgestottert. Gelegentlich fragte ihn der Händler, von dem er es gekauft hatte, ob er es noch braucht? Ob er es nicht wieder abstoßen will?

Auf dem klebrigen Fußboden, die Wände entlang, lagen Bücher unordentlich aufgeschichtet, das Material für eine größere Arbeit über nordische Backsteingotik: ein Unternehmen, das ihm etwas aus dem Blick geraten war. Die Zeitschrift, für die er sie schreiben wollte, hatte nur zurückhaltendes Interesse gezeigt. Es war eine süddeutsche Zeitung gewesen, deren Redakteure Stralsund und Wismar nicht auseinanderhalten konnten. Die Fotos von den ungeschlachten Riesenbauten hatten eher etwas

Abstoßendes für sie: Kolberg, das ungefüge Schleppdach und außerdem kaputt?

Ein Spind mit zerknautschten Sakkos, und daneben eine abenteuerliche Waschecke. Sie war mit einem Plastikvorhang, der an einem dünnen Rohr sich schieben ließ, vom Zimmer abgetrennt. Wenn Jonathan sich in dem verkrusteten Becken die Hände wusch, konnte er aus dem Fenster sehen, und da fiel dann sein Blick auf eine Trauerweide, deren Zweige in das trübe Wasser des Isebek-Kanals hingen. Schwäne standen nicht darunter, aber doch zumindest Enten.

Die restlichen Zimmer der Wohnung gehörten einer Generalin. Sie stammte aus dem Osten, selten kam sie heraus aus ihren dunklen Grüften, in denen sie den Erinnerungen an eine längst vergangene Zeit lebte. Hin und wieder war feuchter Husten zu vernehmen, von dem sie sich in den Küchenausguß hinein befreite.

Jonathans Lebensgefährtin hieß mit vollem Namen Ulla Bakkre de Vaera. Sie stammte, obwohl dunkelhaarig, aus Schweden und trug gern einen langen Strickrock, in allen Farben quergestreift, dazu ein blankgewetztes Herrenjackett aus Kammgarn, in dessen Kavalierstasche eine silberne Arbeiteruhr steckte. Ulla hatte ein hübsches rundes Gesicht, in dem sich die Jahre noch nicht gesetzt hatten, lieb auf den ersten Blick und fest auf den zweiten. Ihr ganzer Kummer war der linke große Schneidezahn, dem vor Jahren der Nerv entfernt worden war und der nun nachdunkelte und ihren mädchenhaften Zügen einen Makel zufügte. Morgens sah sie sich diesen Makel an, im Spiegel. Dann war sie für einen Augenblick traurig. Ausreißen? oder überkronen? das war die Frage nun schon Jahr um Jahr …

Ulla Bakkre de Vaera besaß einen feinen Ring, eine abgewetzte Kamee auf einem caramelfarbenen Stein, den hatte sie von ihrem Vater. Er stammte aus dem zweiten Jahrhundert vor Christus, wie seit Generationen behauptet wurde, und hätte eigentlich auf eine Seitenlinie der Familie vererbt werden sollen. Dieser Ring war es gewesen, dem sie die Teilzeitbeschäftigung im städtischen Kunstmuseum zu verdanken hatte. Sie studierte nämlich Kunstgeschichte und finanzierte ihr Studium selbst. Obwohl dem Museumsdirektor ein Brief ihres Vaters vorgelegen hatte, der für gut Wetter sorgen sollte, hatte Dr. Kranstöver sie schon ablehnen wollen, wie sie da saß in seinem Büro – eine Idee zu hübsch? –, aber da war dann sein Blick auf den Ring gefallen, und das hatte den Ausschlag gegeben. Ulla kriegte den Job. Sie durfte also ausländische Gäste führen, Kataloge redigieren und bei Ausstellungseröffnungen diskret in einer Ecke stehen und dem Direktor anerkennend zunicken. Irgendwann einmal würde er mit ihr essen gehen, damit war zu rechnen.

Sie hatte auch beim Entwurf einer Kinder-Museumsecke helfen dürfen, mit Tastobjekten, Glubberteppichen und einer Rutschbahn von der Art, wie man sie früher in Schuhgeschäften sah. Heranwachsenden war es gestattet, hier mit bunter Kreide die Wände zu bemalen, Kunstwerke, die leider nicht ins Magazin aufgenommen werden konnten, da sie des Morgens von kopfschüttelnden Raumpflegerinnen beseitigt wurden.

Im Augenblick bereitete Ulla eine Ausstellung vor über die Grausamkeit in der bildenden Kunst. So standen denn in ihren Regalen Bücher mit Abbildungen von allen möglichen Inquisitionstorturen, dem Dreißigjährigen Krieg, und natürlich war auch Goya vertreten mit seinen spanischen Skizzen. Hier hatte sie auch ihre Sachkartei untergebracht, die mit A (Ausweiden) begann und mit Z (Zahnausbrechen) endete. Eine Grausamkeitensammlung, die keinen

Aspekt menschlicher Infernalität unberücksichtigt ließ. Nicht nur mittelalterliche Tafelbilder, auch die Tageszeitungen lieferten Material für ihr Interesse: Polizisten in moderner Rüstung, blutverschmierte Terroropfer und Neger in Südafrika mit angezündeten Autoreifen um den Hals. Auf die Neger war das Augenmerk schon mal zu richten, denn eine künstlerische Objektivierung dieser Lynchspezialität stand zu erwarten.

All diese schrecklichen Bilder, die keinesfalls zur Seite gelegt wurden, wenn Jonathan das Zimmer betrat, beeindruckten Ulla nicht im geringsten, sie betrachtete an ihnen eher das Formale, so wie sie es in ihrem Studium gelernt hatte, die Diagonalen zum Beispiel, von denen extremste Martern mit Heilsdingen verbunden wurden, oder Gewichtungen durch Licht und Schatten, vom Künstler kaum beweisbar vorgenommen, um dem Betrachter eine weiterbringende Aussage zu vermitteln. Die Ausstellung dieser Zeugnisse sollte nicht das Niedere im Menschen anstacheln, sondern Abscheu wecken und darüber hinaus die energische Bereitschaft, dergleichen nie wieder zuzulassen auf der Welt. Schlimmes ist dazu da, Gutes zu wecken: ein Grund dafür, daß dem Ausstellungskatalog das bekannte Wort Mephistos als Motto vorangestellt werden sollte:

> Ich bin ein Teil von jener Kraft,
> die stets das Böse will
> und stets das Gute schafft.

2

An einem kühlen Morgen, im August 1988, sprang Jonathan an der Reinemachefrau vorüber die Treppen hinauf. Er hatte auf dem Markt eine Tüte Brötchen gekauft und einen Blumenstrauß. Beim Hinaufspringen, immer drei Stufen auf einmal, riffelte er mit dem Zeigefinger der linken Hand an den Seerosenkacheln des Treppenhauses entlang. In der Rechten hielt er die Blumen und die Tüte mit den Brötchen. Die Blumen waren für seine Freundin bestimmt, die heute neunundzwanzig Jahre alt wurde. Drei Jahre hielt sie es nun schon bei ihm aus (wie sie es ausdrückte), obwohl eigentlich er es war, der hier was auszuhalten hatte.

Ulla lag noch im Bett. Daß es bereits auf zehn Uhr zuging, wußte sie, und daß Jonathan die Brötchen holte, hatte sie schon mitgekriegt. Sie lag noch immer im Bett, weil das an diesem Tag ihr gutes Recht war. Sie dachte an ein Puppenhaus, das sie im Lehmweg gesehen hatte, mit Bibliothek und Herrenzimmer, es ließ sich auf Knopfdruck zerstören: als Therapie für Kinder gedacht, deren Destruktionstrieb damit abzureagieren war. Spielzeug interessierte Ulla von jeher: Figuren mit Rauchpatronen hinten drin, Aufziehtiere, die mit den Zähnen fletschten. Auch daß es zur Feier der Französischen Revolution kleine Guillotinen zu kaufen gab, war von Interesse. Da mal nachhaken! Sich so ein Ding besorgen und dem Direktor des Museums als „Objekt" für ein Environment anbieten.

Nun rumorte Jonathan in der Küche, und kurz darauf brach er in die dumpfe Atmosphäre ihres Dämmerschlafes ein. Er ratschte die Gardine zur Seite und setzte sich auf ihren Bettrand. Hier war nun zu gratulieren. Die Peinlichkeit der kleinen Zeremonie überspielte Jonathan durch angelernte Ungeschicklichkeiten sowie dadurch, daß er die Freundin mit der Rechten zwar irgendwie liebkoste – Toten drückt man so die Augen zu –, mit der Linken jedoch den Frühstückstisch deckte und die Eier aufstellte. Zum Anzünden der Kerze und Herrichten des kleinen Blumenstraußes mußte er aufstehen, womit die kleine Feier beendet war.

Er goß Kaffee ein und schüttelte die Brötchen in den Korb. Dann entnahm er der Brieftasche sein Geburtstagsgeschenk, eine winzige Radierung von Callot, auf der eine Zersägung dargestellt war. Er gab ihr das briefmarkengroße Blatt, wobei er sie scharf ansah, was sie dazu sagt, daß er ihr so was Schönes schenkt. Und er hatte ins Schwarze getroffen! Ulla verschlang die Zersägung mit den Augen – „süß!" – und stellte sie an den Schaft des Kerzenleuchters, damit sie sie immer und immer wieder betrachten kann. Und dann zog sie ihren Freund zu sich herab und gab ihm Küsse wie feurige kleine Geldstücke, und dazu hielt sie seinen Kopf in beiden Händen.

Als ihm die Freiheit wiedergegeben war, zog er die Post aus der Jackentasche und sortierte sie: Fünf Briefe waren an das Geburtstagskind gerichtet, zwei an ihn. Sie setzte sich auf, strich sich ein Brötchen mit Honig und las die Briefe, in denen das stand, was sich denken läßt.

Auch Jonathan wurschtelte seine beiden Briefe mit dem Zeigefinger auf. Der eine war von den Santubara-Autowerken in Mutzbach, offenbar eine Reklamesache, der andere von seinem Onkel Edwin aus Bad Zwischenahn. Er enthielt einen Scheck über zweihundert Mark und den Vorschlag, damit an diesem Tag irgend etwas Sinnvolles anzufangen.

„Leistet Euch was", schrieb der Onkel, „genießt das schöne Leben."

Verwickelte Gefühle hinderten Jonathan daran, seiner Freundin, die mit ihren Briefen arg beschäftigt war, den Scheck zu zeigen. Er beließ ihn im Kuvert, das er rasch in die Tasche steckte.

Während Ulla geordneten Familienverhältnissen entstammte, mit Bausparkasse und goldgerahmten Ahnenbildern, war Jonathan im Februar 1945 in Ostpreußen geboren, und zwar auf einem Treckwagen, bei eisigem Wind und scharfem Eisregen. Die junge Mutter war dabei „draufgegangen", wie Jonathan es ausdrückte.

„Meine Eltern habe ich nicht gekannt", sagte er meist gleichmütig, „meinen Vater hat es auf der Frischen Nehrung erwischt, und meine Mutter ist bei meiner Geburt draufgegangen, in Ostpreußen, neunzehnhundertfünfundvierzig", was ihm vor seinen Freunden einen Leidensvorsprung sicherte, der nicht zu übertreffen war.

Sein Onkel hatte den mit einem Teppichdach versehenen Treckwagen gefahren, damals, im kalten Februar, als das Unglück geschah, den Wagen mit der sich im Stroh wälzenden Schwangeren. Vergebens hatte er an die Türen von Bauernhäusern geklopft, als die Wehen einsetzten, und so war sie dann eben gestorben.

Die Leiche war im Vorraum einer Dorfkirche abgelegt worden, neben dem Kasten mit den hölzernen Gesangbuchnummern, rasch und ohne Formalitäten, und man war weitergefahren. Zufällig hatte sich eine kräftige Bauersfrau gefunden, die ihr eigenes Kind verloren hatte und für einen Platz auf dem Wagen statt dessen nun Jonathan stillte. Auch das stellte sich Jonathan vor: die schwere Frau auf dem Wagen sitzend, und er an ihrer großen Brust, und diese Vorstellung deckte sich einigermaßen mit der Realität.

„Mich hat Mutter Erde gesäugt", dachte er ab und zu, und dann reckte er sich und fühlte neue Kraft in seinen Adern.

Heute nun hatte Onkel Edwin zweihundert Mark geschickt – die neue Schlafcouch Avanti hatte sich als Renner erwiesen.

„Leistet Euch was Sinnvolles"? – das würde sich machen lassen.

Auch Ulla hatte inzwischen ihre Post gelesen: die herrische Mutter, der weiche Vater, der Psychologen-Bruder in Berlin und Evchen, das Patenkind, deren Gratulationsbrief – „wie geht es Dir, mir geht es gut" – ungelenk geschrieben und mit Marienkäfern verziert war.

Sie stieg aus dem Bett und trat an das Bücherregal, in dem das Geschenk stand, das sie sich selber gemacht hatte, eine Fünfziger-Jahre-Vase, dänisch, über die sich die beiden nun freuten. Sie wurde ins Licht gehalten, vielfach gedreht und rühmend als „scheußlich" bezeichnet, dann, als es genug war, ins Fenster gestellt, in dem schon andere Horribilitäten standen, die spottbillig gewesen waren, nun jedoch einen gewissen Wert repräsentierten, vorausgesetzt, daß man sie noch ein paar Jahre dort stehen ließ.

Jonathan wurde nochmals umarmt und darüber aufgeklärt, daß die kleine Radierung von Callot „genau das Richtige" gewesen sei, dann war er entlassen. Er ging also nach drüben, was er gerne tat, da nun das Geburtstagskind mit dem Telefonieren begann, dessen Halbdialoge ihn nicht interessierten.

Jonathan setzte sich auf sein Sofa. Er blies Staubflocken vom Tisch und „guckte sich fest", das helle Fenster gegenüber, und an der weißen, schmuddeligen Wand das feiste Kind.

Er gähnte, und sein Blick schwamm über die phantastische Stragula-Geographie seines Fußbodens, und er sah den Isthmus von Korinth, diesen haarsträubenden Durchstich durch den Fels, ein kleines Schiff sah er und die steilen Wände links und rechts.

Das Wasser fließt, dachte er, und das Schiff glitt wie durch einen Sog beschleunigt den Kanal hinunter.

Er gab sich einen Ruck und las den Brief der Santubara-Werke, und es stellte sich heraus, daß es sich keineswegs um eine Reklamesache handelte, sondern um ein ernst zu nehmendes Angebot.

Man bewundere schon seit geraumer Zeit seine unbestechliche Feder, schrieb ein Herr Wendland von der Presseabteilung der Autofabrik, ob Jonathan nicht Lust und Laune habe, mal nach Ostpreußen zu fahren? Nach Masuren, genauer gesagt, also in das jetzige Polen? Die Sache sei die, daß die Santubara-Werke mit Motorjournalisten eine Testtour unternehmen wollten, damit sie sich endlich einmal von der außergewöhnlichen Qualität ihrer neuesten Achtzylinder überzeugen könnten. Eine solche Tour müsse natürlich gut vorbereitet werden, ob er dabei nicht helfen wolle? Er könne die vorbereitende Probetour begleiten und kulturell mal abschmecken, ob vielleicht was Sehenswertes in der Gegend herumsteht, Gutsschlösser vielleicht, Kirchen oder Burgen, deren Existenz und Geschichte eine solche Tour anfetten könnten, irgendwie. Und dann einen einfühlsamen Text darüber schreiben von sagen wir zwölf Schreibmaschinenseiten – „Masuren heute" –, der geeignet wäre, die Journalisten davon zu überzeugen, daß es interessant sein kann, sich in dieser gottverlassenen Gegend etwas umzutun und bei der Gelegenheit die neuen Achtzylinder zu testen. Er sei in allem gänzlich frei, und man könne ihm fünftausend Mark bieten, plus Spesen. Fahrt und Unterkunft natürlich frei, fünftausend also, plus Mehrwertsteuer, worüber sich außerdem noch reden ließe.

Masuren? Polen? – Jonathans erste Reaktion war nein! Wenn es eine Fahrt durch Spanien gewesen wäre oder Schweden. Aber Polen?

Nein.

Oder doch? Fünftausend Mark? Über die sich außerdem noch reden ließe?

Jonathan nahm sich den Iro-Weltatlas von 1961 vor, den er immer noch benutzte, weil er ihn nun einmal hatte, und schlug die Karte „Deutsche Ostgebiete unter fremder Verwaltung" auf. Ganz schöner Brocken, dies Ostpreußen ... Wie sonderbar und widernatürlich, die auf einem Lineal gezogene Linie quer durch.

So was kannte man allenfalls von Kolonialafrika oder aus der Antarktis! aber mitten in Europa? – Jonathan mußte an Sezierschnitte denken, in der Pathologie, die man mit einem Skalpell in einen schieren weißen Frauenleib legt.

Die Frische Nehrung, auf der es seinen Vater erwischt hatte, und die Kurische Nehrung ... Bilder aus alten Erdkundebüchern fielen ihm ein: Wanderdünen, Elche. Ein Fischer, der auf seinem umgedrehten Boot sitzt und ein Netz flickt. Bernsteintagebau.

Doch die Pest ist des Nachts gekommen
Mit den Elchen über das Haff geschwommen.

Jonathan suchte den Ort Rosenau, sein Finger fuhr die Straße entlang. Hier war es passiert: Hier hatte er das Licht der Welt erblickt, auf Kosten seiner Mutter. Hier, in der Kirche dieses Dorfes, war sie niedergelegt worden, und dann auf dem Kirchhof verscharrt, vielleicht an der Mauer, unter einem Goldregenstrauch, die junge Frau. Ein einziges Foto gab es noch von ihr, Olympiade 1936, es hatte die Flucht überlebt: ein junges Mädchen in BDM-Uniform, die Baskenmütze schräg auf dem Ohr. Mit einem Reißbrettstift hatte Jonathan es an die Wand geheftet. – Das letzte Bild seines Vaters, ein junger

Deutsche-Wehrmacht-Leutnant mit Dienstmütze in Feldausführung, lag in einer Mappe, in der auch Jonathans Geburtsurkunde lag sowie die Police seiner Fahrrad-Versicherung.

Man würde die Tour von Danzig aus beginnen, stand in dem Brief der Santubara-Werke. Von Hamburg nach Danzig fliegen, und dort steht dann das Auto, mit dem die Strecke abgefahren wird. Und da könne er dann in Ruhe seine Notizen machen.

Danzig? dachte Jonathan, Danzig würde er brauchen könen für seinen Essay über die Backsteingotik: „Die Riesen im Norden". Die Marienkirche war eine von den Riesen im Norden, die ihm noch in seiner Sammlung fehlte. Lübeck, Wismar, Stralsund, diese Städte hatte er sich angesehen, mit ihren mittelalterlichen Kolossen, alles schön und gut, aber von Danzig war keine sinnliche Anschauung vorhanden, sie in einem Essay zu beschreiben, damit würde er sich schwertun.

Wenn er den Auftrag annähme, würde er zwei Fliegen mit einer Klappe schlagen und den bekannten Veredelungsvorgang in Gang setzen: Geld verdienen und damit Kenntnisse erwerben, die später dann wiederum zu Geld zu machen sind.

Jonathan wusch sich die Hände wie ein Chirurg. Dabei sah er aus dem Fenster. Drüben, jenseits des Isebek-Kanals, schwärmte eine Schulklasse aus, von einer Lehrerin ängstlich beisammengehalten: „Fallt da nicht rein!", und am Himmel stand ein riesiges Flugzeug, das befand sich im Landeanflug auf Fuhlsbüttel.

„Ich bin hier in Hamburg und habe mein Auskommen", dachte Jonathan. „Was geht mich Ostpreußen an?" Und ihm trat das eine große Bild vor Augen, Onkel Edwin mit der toten Frau in den Armen in die Kirche tretend – wohin damit? – und sie auf den Stufen ablegend. Der Faltenwurf des weißen Kleides, blutbefleckt.

3

Um drei Uhr holte Ulla ihren Freund zum Spaziergang ab: „Du mußt hier mal wieder lüften ...", sagte sie, trat hinter ihn und wendete die Zettel auf seinem Tisch um, was er da für einen Blödsinn aufzuschreiben hat. Gebärmutter? Das Kirchenschiff mutet wie eine Gebärmutter an? Also, das sei doch wohl so ziemlich das Letzte ... Türkenhosen trug sie und eine offene Männerweste über der Bluse.

Fehlt bloß noch ein Turban, dachte Jonathan, als er sie so sah. Er selbst hatte sich ein ungebügeltes Flanellhemd angezogen, dazu einen Tula-gemusterten Anzug mit schwarzer Fliege. Er hatte eine Weile ernsthaft überlegt, ob er sich nicht seinen Strohhut aufsetzen sollte, von dem seine Freunde sagten: „Du, der steht dir aber gut!"

An der Elbe war noch nichts los um diese Zeit. Halbwüchsige fuhren mit dem Fahrrad umher, junge Leute waren das, die hierher gehörten, und Kinder, deren Mütter nicht als Leiche in einer Kirche abgelegt worden waren. Ein Herrchen spielte am Wasser mit seinem Hund. Er ließ das ahnungslose Tier ahnungslos das Stöckchen aus der Cadmiumbrühe holen. Wermutbrüder saßen auf der Bank und sangen:

> O du schöner Westerwald …
> über deine Höhen pfeift der Wind so kalt
> jedoch der kleinste Sonnenschein
> dringt tief ins Herz hinein.

Es war auch eine Frau unter den Wermutbrüdern, die sah aus wie ein australischer Ureinwohner. Eine Büchse Chappi hielt sie in der Hand, sie hatte einen Fleischbrocken mit zwei Fingern herausgeholt und tat so, als wolle sie ihn in den Mund schieben.

Aus der Ferne war das Heulen von Polizeisirenen zu hören und das an Fußballerlärm erinnernde johlende Skandieren eines demokratischen Demonstrationszuges. – Großstadt! – Alles hat seine Ordnung: das Demonstrieren, das Aufpassen und das Zugucken. Auch das Scheibeneinschmeißen hat seine Tradition.

Die beiden gingen die Övelgönne entlang, an den sogenannten Kapitänshäusern vorüber, die sich pensionierte Fahrensleute um die Jahrhundertwende von ihren Ersparnissen gebaut hatten, weil sie sich von der See nicht trennen konnten. Jetzt wurden die Häuserchen von Maklern umlagert, da sie inzwischen Millionen wert waren, die winzigen Katen, mit Gärtchen davor, Bootsschuppen, Laube und Fahnenstange. In den Fenstern standen englische Symbolkatzen, Buddelschiffe und auf dem Fischmarkt erworbene übergroße Muscheln. Mancher Anwohner hatte offenbar den Wunsch, sich den Passanten zu erklären: „AKW – nee!" stand auf einem Stück Karton, das an einen Gartenzwerg gelehnt war. – Über allem lag Essensgeruch: Fischfilet und Sauerkrautsuppe.

Schiffe waren auf der Elbe nicht zu sehen, die waren schon in der Nacht ausgefahren. Übers Wochenende im Hafen zu liegen, das kann sich heute niemand mehr leisten.

Auch Schiffe haben etwas Mütterliches an sich, dachte Jonathan, dies Laden und Löschen..., und er stellte sich vor, daß er in einer Kiste läge, in Heu gebettet, und würde von einem Kran in den Laderaum hinabgelassen. Dieser Gedanke war ihm angenehm.

Man kann nicht gerade sagen, daß sich die beiden gut unterhalten hätten. Die Notwendigkeit, nett sein zu müssen an diesem Tag, führte zu beiderseitigen Ungeschicklichkeiten: „Damals hast du behauptet, daß ...", wurde gesagt oder: „Kannst du nicht mal von was anderem reden? Hast du noch immer nicht gerafft, daß mir das auf den Geist geht?"

Außerdem sorgte die Angewohnheit Ullas, mit Jonathan zwar im Gleichschritt zu gehen, aber stets einen halben Meter voraus, für Unbehaglichkeiten. Und überall Hundekot, über den man sich wundert, daß man da nicht reintritt, manchmal aber eben doch.

Jonathan überlegte, ob er seiner Freundin von der Einladung nach Ostpreußen erzählen sollte. Er hatte es bereits auf der Zunge ... Besser nicht, dachte er, lieber warten damit – sie würde sicher wieder neidisch werden, wenn sie davon erführe. Strahlend zu der Liebsten eilen, den Brief in der Hand – so stellte er sich das Zusammensein mit seiner Freundin vor. Das war zwischen ihnen nicht drin. Schade! Ulla Bakkre de Vaera wurde immer gleich so häßlich.

Auch Ulla hatte etwas, das sie bewegte: Ein großer Blumenstrauß war abgegeben worden, ein wenig zu groß dafür, daß er von ihrem Chef geordert war. Auch sie hätte zu ihrem Liebsten eilen müssen und rufen: „Stell dir vor, der Alte hat mir Blumen geschickt!" Aber das hatte sie nicht getan, und nun war es bereits ein bißchen zu spät dafür.

Sie schossen sich gerade aufeinander ein, da sahen sie an einem der kleinen Häuser ein Schild: ELB-GALERIE. Hier hatte sich also ein Künstler etabliert, dem mußte ein Besuch gemacht werden.

Die beiden klingelten, und die Ehefrau des Künstlers öffnete, blaue Flecken und Schrammen hatte sie im Gesicht, die ihr offenbar der Ehemann, über seine Mißerfolge entrüstet, beigebracht hatte. Wegen der Entbehrungen, denen sie ausgesetzt war in ihrer Ehe, hatte sich die arme Frau entschlossen, freundlich zu sein.

Jonathan bezahlte zwei Mark an die fast knicksende Frau, und dann traten sie prüfend in das niedrige Haus und sahen sich die naturnahen Gemälde an, die hier in der Wohnstube aufgehängt waren: dräuende Bäume von Schlinggewächsen bedroht. Aus Gründen der Abwechslung hatte der Künstler sie mal nach rechts und mal nach links ausladen lassen, und außerdem hatte er sie mit menschlichen Zügen ausgestattet, vielleicht aus dem Bedürfnis heraus, seinen Naturstudien auch Sinn einzuarbeiten – sie waren ziemlich scheußlich.

Vermutlich hatte der Maler schon viel Ungutes über seine Bilder gehört, er schlurfte jedenfalls mürrisch von hinten aus der Küche hervor, wo eine Suppenterrine auf dem Tisch stand: mürrisch, ja irgendwie argwöhnisch sogar. Am liebsten hätte er in einem großen Auftritt alles mit einer Axt kaputtgeschlagen, aber das konnte man ja immer noch tun.

Die beiden Besucher schritten an den sauber gemalten und sauber gerahmten Baumknorrenbildern zuerst langsam, dann immer schneller vorüber – zweieinhalbtausend Mark ist eben doch eine Menge Geld – und nur zerstreut hörten sie sich die Erklärungen des Mannes an, der mit seinen Baumbildern eine Variante des Sprichwortes „Quäle nie ein Tier zum Scherz ..." hatte gestalten wollen: auch Bäume sind Lebewesen mit einer Seele und mit Nerven, die Schmerz empfinden, wenn man in ihre Rinde ein Herz beispielsweise schnitzt, Lebewesen mit – warum nicht gar – einer Seele, und die hauen wir einfach um! Bäume können schreien!

Ulla war etwas geduldiger als ihr Freund. Sie hörte dem Mann bereitwillig zu, vielleicht auch deshalb, weil es das Glas auf den Bildern erlaubte, daß sie sich darin betrachten konnte. Sie öffnete den Mund und schaute sich ihren Makel an, den erloschenen Zahn.

Jonathan entdeckte inzwischen in einem Nebenraum, „Museum" genannt, eine Sammlung von Strandgut, und während der Künstler seiner Freundin gerade erzählte, daß in Südamerika täglich eine Million Bäume gefällt werden, und sie fragte, was sie wohl meint, wieviel Miete er bezahlen muß für die Kate, in der er hier wohnt, und ob sie eigentlich weiß, wie teuer eine einzige Tube Kobaltblau ist?, sah Jonathan sich im Strandgut-Museum Porzellanscherben an, vom Wasser abgeschliffene Tassenhenkel, ausgelaugte Holzteile, einen alten Schuh: Überreste menschlichen Lebens, die ihn zu tänzelnden, feucht hervorgebrachten Enthusiasmen anregten, wodurch er seine Freundin herbeilockte ... Was die Menschheit wohl in tausend Jahren an Zivilisationsresten finden wird und ausstellt? fragte Jonathan und sah die kleine Gesellschaft funkelnd an. Und: Er komme sich auch so ein bißchen vor wie Strandgut ... Und er spielte seinen Leidensvorsprung aus: Den Vater habe es auf der Frischen Nehrung erwischt, und die Mutter sei bei seiner Geburt draufgegangen. Treck, eisiger Wind usw.

Das interessierte den Galeristen, und er bot den jungen Leuten einen Stuhl an. Wo genau das gewesen sei, wollte er wissen, auch er sei nämlich von drüben, auch er sei getreckt, mit sieben Jahren, im Februar '45. Er könne sich noch gut daran erinnern, daß sie in einem Bauernhaus eine Milchkanne voll Schweineschmalz gefunden hätten. So gutes Schmalz hätte er nie wieder gegessen in seinem Leben!

Jonathan wußte, daß der Mann nun aufdrehen würde und den ganzen Charme eines sonst Versteinten entfalten ... Er hatte keine Lust, sich die gräßlichen Sachen anzuhören, die nun zur Sprache kommen würden. Von Ketten und Banden hatte er die Nase voll. Während Ulla sich setzte, um ungestört die Dinge in sich aufnehmen zu können, sah er auf einem Tisch eine Mappe mit Tusch-Bildern. Sie stammte von einer Schulklasse, der Lehrer hatte seinen Schülern wohl das Thema „Umweltschutz" gestellt, und dann hatte er sie hier deponiert, ob das nicht vielleicht Kunst ist, kann ja sein ... und das Geld, das dafür gezahlt wird, soll Green Peace zugute kommen. „Gutes Gift für alle!" stand auf der Mappe, und Jonathan sah sich die Blätter an, und er freute sich über die originelle Art, mit der die Kinder das Thema angegangen waren. „Gutes Gift für alle" – was für eine Idee!

Es war aber auch wirklich sehr komisch: Cowboys, die Arsen aus Flaschen tranken und unten explodierten, Kühe, vorn zu Elefantenmonstern aufgebläht, hinten in einer grünen Schleimpfütze auslaufend ... Komisch und furchtbar zugleich. Und originell! – Er rief seine Freundin herbei: Ob ihr nicht auch die Spucke wegbleibt, vor so viel Erfindungsreichtum?

„Solange Jugend noch so viel Phantasie zeigt, brauchen wir uns um die Zukunft keine Sorgen zu machen", sagte er, und er machte Ulla darauf aufmerksam, daß diese Kinderzeichnungen auch etwas mit ihrem Thema zu tun hätten: Grausamkeit durch Gedankenlosigkeit!

Der „Strich" und die Komposition der Bilder versetzte ihn schließlich derart in Begeisterung, daß er eines dieser Blätter kaufte, für fünfundzwanzig Mark. Von dem Geld würde sich Green Peace endlich mal wieder anständige Kugelschreiber kaufen können.

Nachdem sie sich davon überzeugt hatten, daß es in diesem Haus nicht noch eine weitere Abteilung zum Angucken gab, vielleicht im Keller irgendwelche Höllenmaschinen, sagten sie zu dem Künstlerehepaar „So long!" Sie waren in dieser Stunde irgendwie Freunde geworden, fanden sie, und der Künstler stand noch lange in der Tür und blickte hinüber zu der Werft, in der es noch vor wenigen Monaten geblitzt und gepoltert hatte, die nun aber leider stillgelegt worden war. Acht Prozent mehr Lohn? Das hatte ihr den Rest gegeben.

Die beiden setzten sich ins Café Elbblick und aßen Himbeertorte mit Schlagsahne. Die Torte hatte in einem Kühlschrank gestanden, sie war eiskalt, und die Sahne war wäßrig, der Kaffee dünn, und aus den Lautsprechern schrie ein Schlagersänger was von einem Eiermann, der immer die Eier abholt.

Der deutsche Wirt, den Jonathan herbeizitierte, um sich zu beschweren, war kein Wirt, sondern ein überforderter Angestellter, der jeden Abend von einem fremdländischen Mercedes-Mann abkassiert wurde. Er hatte in dem sich füllenden Lokal keine Lust, mit Jonathan über das Thema „Gastfreundschaft" zu diskutieren. Er empfahl ihm schlicht, woanders hinzugehn, wenn's ihm nicht paßt.

„Hier kommen genug Leute, denen es schmeckt."

Ulla nahm Partei für den Mann. Ob Jonathan eigentlich ahne, wie schwer ein Kellner zu arbeiten hat? Den ganzen Tag auf den Beinen, und dauernd wird auf ihm herumgehackt?

Jonathan hielt dagegen, daß es vermutlich vor einer Thomasbirne wesentlich anstrengender sei als in einem Ausflugslokal, wo die Sonne scheint und die Vögel zwitschern. Wenn er zu wählen hätte, in einem Ausflugslokal kleinen Mädchen Brause zu bringen oder sich tagtäglich acht Stunden lang siebzig Grad Hitze auszusetzen, dann schon lieber mit dem Tablett herumlaufen.

Während Jonathan und Ulla noch miteinander stritten, hatte sich die Promenade belebt mit Menschen jeden Alters, die Wert darauf legten, für solide gehalten zu werden. Von der Övelgönne nach Blankenese schlenderten sie oder umgekehrt, Handwerks- und Gewerbebanden per Auto entflohen. Es waren auch Demonstranten dabei, um fünfzehn Uhr dreißig war Schluß gewesen mit dem Demonstrieren, wiederverwendbare Transparente trugen sie zusammengeklappt unter dem Arm, ehrenwerte Menschen, die sich ein Gewissen um die Verpestung der Atmosphäre machten, auch sie wollten sich hier an der Natur erfreuen, an der Elbe, auch wenn die Maler keinerlei Kobaltblau mehr brauchten, wenn sie das Elbwasser hätten malen wollen. Da drüben übrigens, die stillgelegte Werft? Das war ja mal wieder typisch! Da könnte man doch ein Kulturzentrum draus machen, mit Kleinkunstbühne, Selbsterfahrungskursen und Hobbywerkstätten. Und an Sommerabenden dann Rockkonzerte, zu denen bestimmt Tausende kämen. Wetten, daß das alles abgerissen wird? Als ob Deutschland nicht schon genug Trümmer gesehen hätte ...

„Guck mal den da!" sagte Jonathan und zeigte auf einen Mann in Demonstrantenkleidung, dessen Kleinkind auf seinem Rücken eine Kommunardenmütze trug. „Was dem wohl in fünfzig Jahren beim Psychiater für frühe Kindheitserinnerungen kommen!"

Auch Ulla entdeckte Komisches. „Studien treiben" nannten sie das, und dabei rückten sie innerlich wieder etwas zusammen, die Masurensache, der Scheck und der Blumenstrauß meldeten sich zuckend, konnten dann aber doch noch zurückgehalten werden.

Auf der gleichmütigen Elbe rasten als Wochenendbelustigung Schwimmautos um die Wette dahin, die verschiedensten Fabrikate! Vorn und hinten flockte seifiger Schaum. Die Artenvielfalt dieser Fahrzeuge war enorm. Die Fahrer winkten einander zu: Wohl noch nie waren so viele Schwimmautos hier in Hamburg auf der

Elbe herumgeschippert, sogar Holländer waren zu sehen mit ihrer schönen Nationalflagge und Dänen mit dem Danebrog. Auch das Fernsehen war gekommen, das raste auf zwei Barkassen vorneweg, blauen Dunst stießen sie aus: Vielleicht hatte man Glück, und ein Unfall ereignete sich mit hoffentlich recht vielen Toten.

Der Grund der hektischen Sportdemonstration, über die sich so ziemlich jeder freute, war ein großes graues Kriegsschiff, das sich langsam die Elbe hinaufschob. Von fern war Militärmusik zu hören, die aus den Lautsprechern eines Begrüßungslokals schepperte, damit wurde dieses Wunderwerk der Technik willkommen geheißen. Um ein Friedenskriegsschiff handelte es sich, das aus Gründen der Völkerfreundschaft in der von den Angloamerikanern verbrecherisch zerstörten und natürlich von unsern Wirtschaftsidioten miserabel wieder aufgebauten Hansestadt vor Anker gehen wollte. Die Kanonen hinten und vorn waren hochgedreht, und die großen Radarkugeln bildeten zu den dünnen Rohren einen formalen Kontrast, der zwar nicht als schön bezeichnet werden konnte, weil der Geist, der hinter dieser Technik stand, ein teuflischer war, deren ästhetische Qualität sich aber doch auf Ulla und Jonathan übertrug.

„Dieses Schiff ist mit Elektronik vollgestopft bis unter den Kragen", sagte Jonathan. Und Ulla fragte sich, ob sich für die Bedürfnisse der Seeleute wohl schon leichte Damen bereithielten, und sie dachte an die speziellen Seemannshosen, die vorn eine Klappe haben.

An Deck formierten sich jetzt die Matrosen ganz in Weiß, Flaggen flogen die Leinen empor, und auf eigentümliche Weise wurden Kommandos auf speziellen Pfeifen gepfiffen. Die Wermutbrüder und -schwestern hoben die Flaschen, und die Sportsfreunde in ihren Schwimmautos formierten sich. Sie hatten das graue Ungetüm erreicht, wendeten elegant und eskortierten den Friedensboten, so wie sie das von Fotos kannten, wenn früher, vor dem Krieg, die „Queen Elizabeth" in den Hafen von New York einlief. Ein Amphibien-VW war dabei, der schon über Dnjepr und Don geschippert war. Jedes einzelne Teil zwar schon ausgewechselt, im ganzen aber eben doch original.

Horch! ertönten nicht gar Kirchenglocken? Sollte sich die Kirche eingeschaltet haben in dieses Fest des Friedens? Die fortschrittliche hanseatische Pastorenschaft, die schon so manchem Wasserwerfer getrotzt hatte? Mit Kreuz und im Talar? – Aber nein, das war kein spezielles Friedensgeläut, das hatte wohl nur mit einer kirchlichen Amtshandlung zu tun.

Wahrscheinlich eine Trauung, dachte Jonathan, und er stellte sich vor, daß man vor dem Brautpaar die abgetriebenen Embryos hertragen würde, in kleinen gläsernen Särgen, auf Watte gebettet und mit Plastikblumen geschmückt – zum Ruhme der Menschheit, die sich der Erdballüberfüllung medizinisch einwandfrei entledigt.

Er steckte die Kinderzeichnung „Gutes Gift für alle" in einen Plastikpapierkorb, auf dem in sieben Sprachen stand: Haltet die Umwelt sauber! Er hatte keine Lust, die Rolle nach Art eines Marschallstabes durch die Gegend zu tragen.

Ein festlicher Anblick war es ohne Zweifel, als das sanfte Riesenschiff vorüberglitt, von allen Menschen, die sich auf der Promenade versammelt hatten, und auch von denen, die oben auf der Elbchaussee an den Panoramafenstern ihrer Villen saßen oder in den Cafés, wurde das so empfunden. Die Fische aber, im Wasser, kämpften schwer atmend gegen ihre Metastasen an.

Nun kam vom jenseitigen Ufer eine Art Piratenflotte angerast, kleine wendige Schlauchboote mit Außenbordmotor. Orangerot gekleidete Menschen saßen darin, die sich auf alles vorbereitet hatten, grüne Freibeuterflaggen hielten sie in der Hand, die schwenkten sie hin und her: Solange wir leben, dulden wir hier keine Kriegsschiffe! Weder solche noch solche! Es kam zu einer Seeschlacht zwischen den Schlauchbootleuten und den Amphibienautos, wie das Fischerstechen auf dem Bodensee mutete es an. Die Sportsfreunde in den Amphibienfahrzeugen zogen dabei den kürzeren, das konnte man sehen. Wasserschutzpolizei fegte heran – und dieses kreisende und hupende Durcheinander schwamm langsam dem Hafen zu, bis es für die Zuschauer nichts mehr hergab. Nur die Fernsehleute kamen weiterhin auf ihre Kosten, deren Bilder würde man sich dann zu Hause ansehen können. Und da würde man zu hören bekommen, was man über dieses Ereignis zu denken hat.

4

Am Abend gingen sie zum Türken, „Ali Baba" hieß das Lokal, und man aß da Kebab, also gebratenes Fleisch von zu Tode gequälten Hammeln, das sehr unterschiedlich schmeckte, mal wabbelig, mal kroß, dazu Schafskäse in Öl mit Zwiebelringen drauf, und, das war wichtig: Absolut nicht teuer war das Ganze. Einem Maximum an Leistung stand ein Minimum von Kosten gegenüber, und das bei freundlichster Bedienung.

Als alte Bekannte wurden sie im „Ali Baba" überschwenglich begrüßt und in eine durch große, blankgeputzte Messinggefäße abgeteilte, für sie reservierte Ecke geführt, wo Albert Schindeloe, ihr gemeinsamer Freund, bereits auf sie wartete. Schindeloe, ein älterer Junggeselle in rostrotem Rollkragenpullover, mit Baskenmütze auf dem Kopf, war Antiquitätenhändler. Von ihm hatte Jonathan vor Jahren den Botero gekauft. Als Albert Schindeloe die beiden sah, sprang er auf und küßte Ulla die Betrix-gepflegte Hand.

Die Tischkerze wurde mit dem Feuerzeug angezündet, und die türkische Bedienung, ein Student aus Ankara, machte ein ziemliches Gewese um Ulla. Albert Schindeloe hatte ihn ins Bild gesetzt: Dieses Menschenkind hat heute ihren Ehrentag, das hat Anspruch auf bevorzugte Bedienung. Der Türke versuchte sie sogar zu küssen, das war wohl Landesbrauch, jedenfalls traute sich Ulla nicht so recht, den Kopf zur Seite zu nehmen, so wie sie es bei Jonathans Annäherungen tat, wenn sie zur Unzeit kamen.

Jonathan wurde von Albert nicht weiter beachtet, das war der Stil in dieser Dreier-Freundschaft, aber der Türke schüttelte ihm die Hand und teilte ihm mit, daß er genauso ein gewürfeltes Jackett besitzt, exakt dasselbe, das hängt bei ihm zu Haus im Schrank.

Ulla sah entzückend aus an diesem Abend. Herren an Nebentischen drehten sich um und fragten sich, was Jonathan wohl für ein Glückspilz ist, mit so einer Frau herumzulaufen. Ihr rundes, feines Gesicht im Schein der Kerze, ihre verwunderte Intellektualität: Wo sie sich hier eigentlich befinde? – Und: Dieses silberne Döschen mit der Blumenziselierung, das Albert vor sie hingestellt hat, das ist für sie? Aber warum denn das? Das wäre doch nicht nötig gewesen! Sie freute sich über das Geschenk – „Biedermeier, ja?" –, denn ein ganz ähnliches Döschen hatte ihre Mutter gehabt, für die ausgebrochenen Milchzähne der Kinder. Beim nächsten Besuch mal nachsehen, ob es noch da ist.

Jonathan nahm die Huldigungen der Gäste ohne weiteres an. In der Tat, sie machten was her in dieser Umgebung, Chagall hatte er mal gesehen, in Paris, und Ulla mit ihrem tollen Namen – aber Jonathan mußte gleichzeitig an die Sicherheitsnadel denken, mit der seine Freundin das Loch in der Bluse unter dem Jäckchen zusammengezogen hatte. Und in die Schuhe Leukoplast geklebt, weil sie sonst schlappen ...

Die aufgereizte Hungrigkeit der drei wurde bald beschwichtigt durch eine Tomatensuppe mit eingelassenem Käse: In diesem Lokal ging's nicht nur preiswert zu, sondern auch schnell. Der Käse zog allerdings meterlange Fäden. Notfalls könne man ja auf den Stuhl steigen, wurde gutmütig gescherzt.

Wohlige Stimmung verbreitete sich, die wurde noch unterstützt durch die wohlige Stimmung, der sich auch die Gäste am Nebentisch hingaben, und durch die Ali-Baba-Musik, die diskret aus den vier Lautsprechern kam, in jeder Ecke einer. Man brauchte sich nicht zu ärgern über sie, da man ihre Qualität nicht beurteilen konnte. Unangenehmer waren schon die Bilder an den Wänden, zwischen gläsernen Gebetsketten aufgehängt: gefesselte Hühner, drei Mann auf einem Eselchen reitend und einer, der seine Ziege an den Hinterbeinen gepackt hält und sie wie eine Schubkarre vor sich herschiebt. Fotos von den Armeniern, die man zum Verdursten in die Wüste getrieben hat, samt Frau und Kind, hingen nicht an der Wand.

Albert Schindeloe war der unentbehrliche Begleiter der beiden. Seine undurchsichtige Vergangenheit und seine mysteriösen Vermögensverhältnisse machten ihn interessant. War er nun eigentlich steinreich, oder stand er kurz vor dem Bankrott? War er in der SS gewesen, oder war er Kommunist? Stammte er aus Thüringen oder vom Rhein? Vermutlich traf alles gleichzeitig zu. Fest stand, daß er mal auf einem Scheck radiert hatte, was ihm eine sogenannte Studienreise von anderthalb Jahren eingebracht hatte. Die gegenwärtige Regierung haßte er dafür.

Natürlich liebte er Ulla, er liebte aber auch Jonathan, denn er war ein bißchen „homo", was er Jonathan gegenüber durch Schroffheit zum Ausdruck brachte, „Herr Schmidt", nannte er Jonathan, denn was bedeute Fabricius denn anderes als Schmidt?

Schindeloes Vorname wurde von Ulla und Jonathan hingegen sehr französisch ausgesprochen, was ebenfalls als Frozzelei zu gelten hatte: „Albehr", sagten sie, und das mit einem gewissen Recht, denn Albert pflegte vom November bis März in Paris zu wohnen, wo er das an die Franzosen verkaufte, was er in Deutschland nicht loswurde.

Albert litt darunter, daß dumme Leute ihn „Schindelö" nannten. Die fade Blödheit der Endsilbe, die ihn nun schon sein Lebtag begleitete, machte ihm zu schaffen. Er dachte bei „Schindeloe" mehr an „Aloe", an Weihrauch und Myrrhe also, und vielleicht war das ja auch der Grund, weshalb er einen ägyptischen Ring trug, einen gewaltigen Apparat aus kupferfarbenem Gold, die „Grabplatte" genannt, von der Ulla liebend gern gewußt hätte, ob er echt ist, so echt und alt, wie ihr Reif es war, den sie so gern mit dem Daumen drehte, wenn man sie in die Enge trieb. Ob sie die Grabplatte mal aufsetzen dürfe, hatte sie gefragt, vor Jahren, und das war ihr verwehrt worden. Der Zauber gehe dann flöten, hatte es geheißen. Dann schon lieber schenken!

Der Name „Schindeloe“ gab Gesprächsstoff ab, sooft sich die drei auch sahen. Wie viele Untermenschen ihn wieder falsch ausgesprochen hatten, wurde referiert, dabei sei das doch so furchtbar einfach! Schin – de – loe, was gab es daran falsch zu machen? Schindeloe aus Itzehoe. Ein übrigens sehr charaktervoller Name, aus dem Niedersächsischen sich herleitend. „Schindeloe“, das klang nach Hexenverfolgung, nach Schinderkarren und Feuerlohe. Äußerst passend war es, daß Alberts Haare rot waren, Restbestände wurden von der speckigen Baskenmütze verdeckt, auf der Katzenhaare klebten.

Am Namensgespräch konnte sich auch Ulla beteiligen, ihr eigener Name gab ja auch was her: „Bakkre de Vaera“, auf Deutsch: „Hinter dem Wehr“, Ulla Hinterdemwehr, so wie Babendererde oder Auf ter Heid. Mit „Wehr“ war natürlich nicht das Wehr, sondern *die* Wehr gemeint, „Ulla Hinter*der*wehr“, mit Brünne und Schwert stellte man sich das vor, also etwas Amazonenhaftes. Übrigens war Ulla eine waschechte Deutsche, die schwedische Abkunft lag Generationen zurück.

Man sagte Prost! und wieder Prost! und trank das nach Spülmaschine stinkende, mit Gift behandelte Zeug unter Zungenschnalzen, die türkische Musik sorgte für die rechte Atmosphäre: Dieses Lokal war eine Oase, da konnte man sich Istanbul getrost sparen …

In diesem Augenblick passierte es: Von draußen kam ein Stein geflogen, zerschmetterte ein Fenster und schlug in einen blankgeputzten Dekorations-Samowar eine Beule. Man sprang auf, rannte nach draußen, um die Kerle zu packen, der Koch schwang sogar ein Messer und schrie was von Faschisten, denen man den Bauch aufschlitzen müsse und dann kochendes Öl hineingießen, und inmitten seiner fremdsprachigen Flüche war klar und deutlich das Wort: „Ausländerfeindlichkeit" zu vernehmen.

Die Geburtstagsgesellschaft drückte sich an das Fenster, um zu sehen, wie man die Attentäter zusammenschlägt. Leider war nichts weiter zu registrieren als der gleichmütig dahinfließende Verkehr.

Nach und nach kamen die Verfolger zurück, es wurde mit der Polizei telefoniert, ein Rollo wurde vor die zertrümmerte Scheibe gezogen, und ein Mädchen aus der Küche fegte die Scherben zusammen. Allmählich beruhigten sich die Leute, man versicherte einander von Tisch zu Tisch: Also, das ist vielleicht 'ne Sauerei! Daß der Faschismus sich hier schon wieder so breit macht! Den armen freundlichen Türken die Fenster einzuschmeißen! Wie schade, daß man die Burschen nicht gekriegt hat, die hätten was erleben können! Die hätte man zu Boden geworfen und zu Tode getreten! Oder so lange geohrfeigt, bis die Wangen zerfetzt sind. Oder vor die U-Bahn gestoßen.

Ob es sich tatsächlich um Nazis gehandelt hatte, das war die Frage. Vielleicht waren es Arbeitslose gewesen, die zwar in der SPD sind, denen man aber ein sinnerfülltes Leben verweigert? – Oder gar fanatisierte Türken von der andern Hausnummer? Graue Wölfe?

Nachdem auch die kleine Geburtstagsgesellschaft Tötungsvarianten erwogen hatte, wurde in Grenzen sogar Verständnis geäußert: Jugendliche Randalierer taten so was, zuviel Kraft! So wie früher, um die Jahrhundertwende, die Studenten mit ihrer Mensurenschlagerei. Jungen Menschen müsse man mit Liebe kommen. Sie bei der Hand nehmen und ihnen freundlich zureden. Psychologisch geschulte Behörden, Beschäftigungsprogramme, Freizeitangebote und so weiter. Man selbst sei in der Jugendzeit ja auch kein Kind von Traurigkeit gewesen. Fenstereinschmeißen, das sei ein Dummerjungenstreich mit Tradition. Wenn man an Amerika denke, da ginge es noch ganz anders rund, da verwüsteten sie gleich ganze Lokale! O Gott! – Albert Schindeloe gab allerhand Froschquälereien zum besten, als Junge sei man eben so ... Und Ulla Bakkre de Vaera wußte von Maikäfer-Köpfereien zu berichten, den Kopf mit dem Finger wegschnippen; und sie lachte dazu, was sie aber sofort einstellte, da ihr erstorbener Zahn sichtbar wurde.

Jonathan hatte so etwas nie getan. Der hatte immer nur seinen Teddybären verprügelt, und dabei war ihm warm geworden in der Hose.

Albert besaß im Lehmweg einen Eckladen, in dem er das verkaufte, was er in Frankreich nicht loswurde. Uhren jeder Größe, alte Brillen, allerlei Karaffen, Zinnfiguren und Orden. Für „Sehleute" gab es in seinem Geschäft Fünf-Mark-Artikel zu kaufen, und davon lebte Albert Schindeloe. Hinzu kam, daß er geheimnisvolle Geldzuwendungen erhielt; Renten oder Entschädigungen, die keinen etwas angingen.

Um ihm eine Freude zu machen, gingen sie noch auf einen Sprung mit hinauf. Über seinem Laden, dessen übervolle Schaufenster durch starke Gitter gesichert waren, besaß er eine Bude, die ebenfalls überquoll von Kulturschrott, von dem er sich nicht trennen wollte oder leider nicht konnte. Stühle wurden freigeräumt, zwei Katzen kamen angeschnurrt, und man sah sich diskret verwundert um. Neben einem aufgeklappten Hausaltar, an dessen Kreuz der Gekreuzigte fehlte, und einem Karton voll silberner Votiv-Beine und -Arme, wurde aus einem Pappkarton mit Gummitülle Rotwein gezapft, in Gläser, die Albert für seine Gäste mit dem Taschentuch säuberte, und dann wurden Döntjes erzählt. Was er wem abgeschnackt hatte, erzählte Albert, und daß es Kunden gab, die sagten: *Das* Ölgemälde hab' ich schon. In den Sechzigern die Uhrenaktion: Hunderte von Pendeluhren nach Amerika verfrachtet. Und die Silberhausse in den Siebzigern, als die verrückten Amis zentnerweise Silber aufkauften und damit absolut baden gingen.

Er würde wohl gerne mal in Frankreich die Wohnungen durchschnüffeln, ob er da noch Beutegut findet, das die Poilus in Stuttgart konfisziert haben, sagte Albert. Er sähe vor sich einen entzückenden kleinen Mädchenkopf aus Marmor auf einem Kaminsims stehen. Wo der sich wohl befinde! Vielleicht in Lyon?

„Und stellt euch mal vor, was in Moskau alles wieder auftauchte!"

Vielleicht könne man mal nach Moskau reisen und sich auf dem Flohmarkt umschauen. Die Russen wären doch bestimmt froh, wenn sie Devisen kriegten. „Uri! Uri!" Er glaube bestimmt, daß dort noch Armbanduhren aus dem Krieg zu erwischen seien.

Zu vorgerückter Stunde zog Albert verschiedene Schubladen auf mit Orden jeder Art, Brillen aus den zwanziger und den dreißiger Jahren. Weiß der Himmel, wer die mal getragen hatte! Hunderte von Brillen.

Hier existieren gewiß auch Schubladen voll abgeschnittener Haare, dachte Jonathan.

„Na denn gute Nacht", sagten die beiden zueinander, als sie wieder zu Hause waren, und jeder ging in sein Zimmer. Das Klo rauschte, und Jonathan zog die Uhr auf. Er dachte an die kleine Türkin bei Ali-Baba, die er kurz zu sehen gekriegt hatte, als sie die Scherben aufgefegt hatte, an die kleinkarierten Bäckerhosen, das weiße Käppi auf dem Kopf, und er sah in den

Spiegel über dem Waschbecken und überlegte, ob er wohl Eindruck machte auf ein solches Geschöpf? Mit oder ohne Strohhut, je nachdem?

Er fläzte sich in sein Ledersofa und griff sich ein Buch über die Basilika in Trier, auch aus Ziegeln gebaut, aber es gab keine Verbindung zu den nordischen Göttinnen, die mit ihrem breiten Becken über den kleinen Häusern mittelalterlicher Städte hockten. – Links die Guten, rechts die Schlechten, dachte Jonathan, so müßte es in den Kirchen zugehen, und die Menschen, die hineinströmten, müßten befruchtet wieder herauskommen.

In diesem Augenblick hörte er einen Zweifingerpfiff von drüben. Das war das Signal, mit dem die zarte Freundin ihm anzeigte, daß der Tag noch etwas hergeben mußte.

Jonathan haßte in solchen Augenblicken ihre konservierte Kindlichkeit, das wirksame Grinsen und die Knochigkeit ihres „Gestells". Er haßte es, daß er sich ihr dreimal pro Woche hingeben mußte, aber als er dann hinüberging, über den süßlich-modrigen Flur, stieg doch Begierde in ihm auf, wie es jedesmal der Fall war, wenn sie ihn rief, eine Art Warum-Nicht? Und er tappte in ihr rotglühendes Zimmer und ließ sich ins Bett ziehen, nackte Arme, sattes Lachen ... Schwer atmend vollbrachte er das, was ihm ein Vergnügen zu sein hatte und zu guter Letzt auch war: Ihre präzise gezischten Kommandos befolgte er mit zunehmender Befriedigung.

Als alles beendet war, wurde er abrupt verabschiedet. Ulla Bakkre de Vaera drehte sich auf die Seite und wandte ihm den breiten Rücken zu. Damit war er entlassen. Er sammelte sich zusammen und tastete hinaus, um sich drüben tief aufseufzend auf sein schönes Sofa zu werfen. Et in Sion habitatio ejus!

Nun konnte auch die Generalin den Liliencron-Band zur Seite legen und ihre Schlafpille nehmen, nun würde der Tag wirklich nichts mehr hergeben.

5

Anfang der Woche ergab sich für Jonathan eine Gelegenheit, „übrigens“ zu sagen. Als Ulla einen übergroßen Blumenstrauß in den Mülleimer tat, erzählte er ihr von dem originellen Angebot der Santubara-Werke, und daß er eigentlich nicht einsieht, wieso er da nicht hinfahren soll …

Diese Mitteilung wurde von Ulla Bakkre de Vaera gleichmütig aufgenommen. „Schön für dich!“, so in diesem Sinne, aber nicht einmal das. „Du mußt es ja wissen …“, sagte sie schließlich immerhin, und obwohl Jonathan mit diesem Satz nichts anfangen konnte, gab er ihm doch zu denken. „Nach Ostpreußen zu fahren, ist das denn ein Risiko?“ dachte er, und er half ihr, die floristische Komposition in den Mülleimer zu stopfen.

Du wirst in dieser Stunde mehr gewinnen,
als in der Tage Einerlei …

„Du mußt es ja wissen ...“ Was konnte sie damit meinen?

Obwohl Jonathan bei den Santubara-Werken noch nicht endgültig zugesagt hatte, richtete sich sein Interesse schon mehr und mehr auf den Osten. Er erfuhr, daß die Landschaft dort flachwellig sei, von zahlreichen Seen durchsetzt, die ihre Entstehung Toteismassen verdankten. Winterroggen, Kartoffeln, Buchweizen. Er las historische Abhandlungen unterschiedlichster Tendenzen – einen ganzen Nachmittag beschäftigte er sich mit Tannenberg, der Schlacht im 15. Jahrhundert, von den Deutschen Rittern verloren und 1914 von Hindenburg so glorreich gewonnen – „der hat die Scharte wieder ausgewetzt ...“

Er informierte sich darüber, wie sich das südliche Ostpreußen bei den Abstimmungen verhalten hatte: 1918 für Deutschland gestimmt!, was ihn freute. Er las Verlautbarungen des Vertriebenenministeriums, daß das Land juristisch gesehen noch immer zu Deutschland gehört, und er blätterte in Kunstgeschichten: die Marienburg an der Nogat, keine nordische Riesin seiner Definition, aber doch ein Backsteinbau von unvernünftiger Größe und mit der Marienkirche in Danzig in Beziehung zu setzen.

Seit Jonathan darauf achtete, schien es ihm so, als sei ganz Hamburg von Vertriebenen und Flüchtlingen bevölkert, Sudetendeutschen, Schlesiern, Pommern, Westpreußen und Ostpreußen – besonders von Ostpreußen. Beim Schlachter die Verkäuferin, die mit einem ausgewetzten Messer das Fett vom Fleisch abschnitt, Dr. Doysen von der Universitätsbibliothek – in der Redaktion der Kollege Rothermund, der kam sogar aus Memel, das sich die Litauer ohne jedes Recht unter den Nagel gerissen hatten, was heute kein Mensch mehr weiß. Die Stadt wimmelte von Ostpreußen, und jeder hätte eine Geschichte zu erzählen gehabt, und es kam Jonathan sehr merkwürdig vor, daß kein Mensch sie danach fragte. Für keine der Hochglanzillustrierten, die sich doch sonst um Mord und Totschlag rissen, waren diese Geschichten noch ein Thema. Friede, Freude, Eierkuchen war angesagt, wenns um die Nachbarn im Osten ging.

So zum Beispiel Frau Krumbach, die jeden Tag die Treppe wischte. Sie stammte, wie sich herausstellte, aus der Nähe von Rastenburg, mit vierzehn Jahren dort weg. Diese Frau sprach er an, als sie gerade den Terrazzo-Fußboden scheuerte. Und während Jonathan zerstreut die leeren

Nischen in der Wand des Treppenhauses betrachtete, die der Architekt dort vor achtzig Jahren für Bilder eingelassen hatte, allegorische Darstellungen der vier Himmelsrichtungen – „ob Ost, ob West, to Hus is am best'" –, die dann irgendwie nie geliefert worden waren, erzählte sie von einem See, an dem sie aufgewachsen war, was das für ein schöner See gewesen sei. Morgens früh aus dem Haus getreten, und dann habe „ihr" See silbern blinkend dagelegen. Kahnfahrten, Schwimmen, Angeln ... Sie hätten immer gesagt „unser See".

„Wann kommen wir da mal wieder hin?"

Ihr Vater sei Fischer gewesen, und im Winter habe er einen Pfahl einfrieren lassen, im See, oben einen Nagel eingeschlagen, und dann einen Strick dran festgebunden, als Karussel für die Kinder. Das Eis wär' so klar gewesen, daß man die Fische darunter habe stehen sehen.

Ob wir Ostpreußen wohl noch mal wiederkriegen? wollte sie von Jonathan wissen, und der wußte das ja auch nicht.

Der Zeitungshändler, bei dem Jonathan jeden Morgen seine „Rundschau" kaufte – „Japaner bestehen auf Rückgabe der Kurilen" –, war zunächst abweisend, als Jonathan ihn fragte, ob er nicht auch aus Ostpreußen sei? Ihm wär' so, als ob er das an seinem Dialekt höre? Und ob er nicht mal erzählen kann, wie's da so gewesen ist? – Der winkte ab. Ne-ne, davon wolle er nichts wissen. Da Schwamm drüber! Die Polacken da drüben, nichts brächten sie zustande, und nun sollten wir denen auch noch helfen. Aber dann ließ er doch seine Covergirls im Stich und die Landserhefte und die Rundfunkzeitungen mit den neuesten Mitteilungen über Tagesschau-Sprecher, was die am liebsten essen, und er kam aus seiner Bude heraus und zählte es auf: In Heilsberg, sein Vater, der habe ein Schreibwarengeschäft gehabt, Bleistiftanspitzer und Briefpapier, den hätten die Polen ins Lager geschickt, nie wieder was von dem gehört, und seine Mutter wär' an einer Sepsis zugrunde gegangen... Und er mit zwölf Jahren allein auf der Welt. In der Gegend umhergestreunt und sich von Betteln ernährt.

Und dann lieferte der Mann Horrorgeschichten ab, von denen man sich wirklich wundern mußte, daß sie nicht in den Blättern standen, die er hier verkaufte: Arbeitslager, Gefängnis, Prügel ... und während er seine Erlebnisse nicht ohne Sinn für Dramatik darbot, stieg in Jonathan ein Bild auf von seinem Onkel Edwin, die tote Mutter auf den Armen, wie er in die Kirche tritt, und irgendwie bricht Sonne ein durch ein Buntglasfenster, schräg von oben.

Das Finale der Horrorgeschichten, die ihm der Zeitungshändler erzählte – es hatten sich schon Zuhörer hinzugesellt –, bildete die Schilderung seiner Flucht, 1948: durch die Oder geschwommen. Die Volkspolizei habe ihn sofort wieder zurückgeschickt, ausgeliefert also, die eigenen Leute, ihn! an die Polen!

Der Mann wurde immer aufgeregter, ein kleiner Hund, der an seinem Kiosk das Bein hob, kriegte einen Tritt. Er kam schließlich höhnisch auf eine Fernsehsendung zu sprechen, über Masuren, die wunderbaren Staatsgüter, die die Polen dort hätten, und tolle Fabriken, und was das für herrliche Menschen sind, die Polen ... Zu ihm sollten die Fernsehleute mal kommen, denen würd' er was erzählen. Pakete schicken! Entschädigungen zahlen!

Der Mann hatte schließlich hektische Flecken am Hals, und es brachen andere Erlebnisse unter der Verkrustung hervor, an die er wohl lange nicht gerührt hatte: Sonntags morgens hatte er vor der Kirche Unkraut zwischen den Steinen herauspolken müssen. Und die Polen, die da zur Messe gingen, die eigenen Katholiken also, hatten ihn angespuckt! Und während er das hervorstieß, klopfte er sich auf die Brust, Blutzeuge durch und durch.

Hier hatte Jonathan seinen Leidensvorsprung eingebüßt, das merkte er. In seiner ausgeleierten dänischen Strickjacke stand er an dem Kiosk und zupfte an den Nasenflügeln. Er fragte sich, wie er hier wohl wieder wegkommt.

In Antiquariaten, in denen er sonst Material suchte über flandrische Bürgerhäuser und Stadttore in Mecklenburg, forschte er nun nach dem alten Baedeker von Ostpreußen. Zigarettenbilderalben, Zeitschriften – „die Kunst im Dritten Reich" –, von dem sehr freundlichen Buchhändler erfuhr er, daß es vom Ostpreußen-Baedeker einen preiswerten Nachdruck gäbe. – Der Mann verkaufte ihm für wenig Geld die handgeschriebene Biographie einer Königsbergerin: „Sonnige Tage".

„So was schmeißen wir sonst weg", sagte der Buchhändler, der kein Ostpreuße war, sondern aus Bayern stammte.

Jonathan ging schließlich auch in die weltbekannte Buchhandlung Dr. Götze, eine Spezialbuchhandlung für Karten aller Art. Hier gab es nicht nur Globen von Mond und Mars, von innen zu beleuchten – sondern auch Stadtpläne von Buenos Aires und von Moskau. Hier ließen sich Nordpolforscher ausstatten, hier kauften Segelenthusiasten Seekarten vom Kattegat.

Jonathan ließ sich von einem Herrn Hofer Ostpreußen-Karten vorlegen – „Z. Zt. unter polnischer Verwaltung" –, mit Wappen links und rechts, und andere, auf denen die Treckrouten von 1945 eingezeichnet waren. Wunderwerke der Genauigkeit, 1:300000, mit Frischem Haff und Kurischem Haff, mit Ortsnamen noch auf deutsch – ein Dorf namens „Zimmerbude" konnte er ausmachen.

„Aber sehen Sie sich vor", sagte Herr Hofer, „deutschbeschriftete Karten darf man nicht mit nach Polen nehmen. Da können Sie Schwierigkeiten kriegen!"

Er ließ sich alles einpacken, was irgendwie von Interesse war – Schallplatten mit Heimatliedern wies er zurück –, und er kaufte auch die „Dokumentation der Vertreibung", die fünfbändige Taschenbuchausgabe einer Sammlung von Scheußlichkeiten erster Güte, die wie sauer Bier angeboten wurde. Später würde er sie Ulla zu Weihnachten schenken können. Daß er dieses Werk nicht offen mit sich herumtragen konnte und womöglich in der U-Bahn lesen, das war ihm klar, da hätten ihn die Leute ja ohne weiteres für einen kalten Krieger gehalten.

Er wechselte den Scheck seines Onkels ein und setzte sich in den Austernkeller, wo auch andere Leute mit diversen Marotten zu Mittag aßen. Er bestellte einen Teller Muscheln in Aspik mit Bratkartoffeln und blätterte in den „Sonnigen Tagen", in denen davon die Rede war, daß die jetzt achtzigjährige Verfasserin als Kind jauchzend über die Wiese gelaufen war. Jonathan wunderte sich, daß er sich nicht schon längst mit seiner Heimat befaßt hatte, aber das kam eben daher, daß Ostpreußen nicht seine Heimat war. Bad Zwischenahn und die Möbelfabrik, in der ihn die Arbeiter seines Onkels auf den Schultern hatten reiten lassen, und der See, nachmittags paddeln und im Winter Schlittschuh laufen.

Ein Pfahl im Eis – das hätte lustig sein können.

Das Arbeitszimmer seines Onkels, in dem er mit Mumps auf der Couch hatte liegen dürfen, die linke obere Schublade im Schreibtisch, in der er als Kind immer so gern kramte. Und die Kuhle mit den Sägespänen, in die sie sich als Kinder hatten fallen lassen. Und ein Wintermorgen am See mit Nebel und Sonnenball, so schön, wie sie heute kein Maler mehr malen dürfte.

Je länger er überlegte, desto deutlicher wurde ihm das, was andere gewiß als „Heimat" bezeichnet hätten. Aber Sehnsucht danach? Nein, denn er hatte sie ja noch.

In den nächsten Tagen lag Jonathan stundenlang auf dem Sofa und studierte in unbequemster Stellung die Karte von Ostpreußen. Er hielt sie liegend über sich, immer wieder klappte sie herunter. Schließlich legte er sie auf den Tisch und markierte die kulturellen Stationen, die er den Leuten von den Santubara-Werken vorschlagen wollte, mit einem roten Filzstift: Marienburg, Frauenburg, Braunsberg, Heilsberg ... – Daß die Russen sich auch von der Frischen Nehrung noch ein Stück abgeschnitten hatten, war eigentlich ein dolles Ding. Was die Polen wohl dazu sagten!

Pillau, die letzte Rettung der Flüchtlinge vor der Rache der Sieger. Jonathan sah Trecks über das zugefrorene Haff trotten, eingebrochene Pferde, mit dem Kopf noch draußen, Tiefflieger der glorreichen Roten Armee darüberhinrasen, Leuchtspurgeschosse in den Elendszug jagen. Und dann, die überfüllten Schiffe. Auf dem Kai bleiben die bespannten Wagen stehen, die Pferde mit traurig gesenktem Kopf. Auf einem Foto war sogar eine Ziege zu sehen.

Jonathan nahm noch einmal die Erinnerungsschrift „Sonnige Tage" zur Hand. Heimat? Nein, das ging nicht mehr, das konnte man nicht mehr sagen. Da war zuviel Zarah Leander drin.

Zu seinem Onkel fuhr er nicht, der hätte ja doch nur Anekdoten von sich gegeben. Er fuhr nicht nach Bad Zwischenahn, weil er fürchtete, nostalgische Aufträge mit auf den Weg zu bekommen. Es war auch gar nicht nötig, daß er da hinfuhr, denn je länger er daran dachte, das nicht zu tun, an desto mehr Uraltstorys erinnerte er sich. Ihm brauchte der Onkel nichts von Ostpreußen zu erzählen, er wußte alles, auch das, was er ihm noch nicht erzählt hatte.

Nur kurz rief er ihn an, fragte nach Rosenau und notierte sich, wo das lag, damit er es nicht vergäße in seiner Schusseligkeit. Von dem Gut seines Onkels erfuhr er, daß es in der russischen Zone lag. Gott sei Dank, dachte er, dann brauche ich da ja nicht auch noch hin.

An einem Nachmittag um halb fünf nahm er ein Blatt Papier und schrieb an die Santubara-Werke: Jawohl, daß er das macht, da hinfahren. Und er war nun wirklich sehr gespannt auf dieses exotische Unternehmen. Italien oder Spanien, das bliebe ihm ja immer noch. Das liefe ihm nicht weg.

Fünftausend Mark plus Spesen, über die es sich auch noch reden ließe ... Ob er die Kosten für Karten und Bücher erstattet bekäme? Das interessierte ihn.

6

Ulla war aushäusig in diesen Tagen, die Ausstellung fordere sie ganz schön, sagte sie. Ab und zu stand sie in der Tür und schüttelte den Kopf über Jonathan. Sie hatte nichts gegen dessen Studien. Aber wenn sie ihn da so liegen sah, auf dem Sofa, einen Pappbecher mit Sinalco auf dem Tisch, dann kam er ihr so abgelegt, ja abgetan vor. Er wurde in ihren Augen immer kleiner und kleiner, und das finstere Zimmer wuchs und wuchs.

Jonathan nahm zur Kenntnis, daß sie in der Tür stand und ihm sagte, daß sie nun dringend gehen muß und erst sehr spät wiederkommt. Und als sie die Tür geschlossen hatte, dachte er: „Was hat sie gesagt?"

Er starrte vor sich hin, und er hatte den Eindruck, nicht er war es, der nachdachte, sondern es dachte nach in ihm: Wie in einer Tabletten-Abfüllmaschine wurde in seinem Gehirn Ordnung geschaffen.

Als er gesättigt war von Bildern und Zahlen, kam plötzlich das Gefühl über ihn: Nun ist es genug. Er raffte sich auf und ging zu Albert Schindeloe in den Lehmweg.

„Ist heute Dienstag oder Mittwoch?" fragte er seinen Freund, der eigentlich vorgehabt hatte, in aller Ruhe einige ausgewählte Belege in ein Kontobuch einzutragen und andere in den Papierkorb zu werfen. Jetzt wo die beiden allein miteinander waren, kehrte Albert seine angenehmen Seiten hervor, war nett, und wenn er seinen dicken Kater streichelte, dann war es so, als streichle er Jonathan.

Von all dem Kram, der in Alberts Laden hing, stand und lag, den Klavierleuchtern, Gläsern und Keramiken, den Orden und Helmen, hätte Jonathan kein Stück haben wollen. Vielleicht die kleine Porzellanfigur aus den Dreißigern auf Alberts Schreibtisch, ein sehr modernes Mädchen, das ziemlich statisch auf einer goldenen Kugel stand. Er nahm das Dings in die Hand und hob es ins Licht und drehte es, so wie man das im Film aus kinematographischen Gründen tut. Die Figur war überraschend leicht: Sie war hohl.

Albert legte seine diskreten Kontobelege zur Seite und fragte Jonathan, ob er sich nicht traue, mit einem Stemmeisen die Kacheln herauszubrechen aus dem Treppenhaus in der Isestraße? Wenn das Haus im Krieg zerstört worden wäre, dann wären die Kacheln ja auch alle futsch. Pro Kachel zwanzig Mark, ob das nicht was wär'?

Dieser Vorschlag scheiterte schon mal daran, daß Jonathan sich in seinem Leben zur Ungeschicklichkeit entschlossen hatte. Außerdem wollte er nicht darauf verzichten, mit dem Finger die ruppeligen Seerosen entlangzuratschen, wenn er das Treppenhaus hinauf- und hinunterstürmte.

Der Generalin wäre es doch vermutlich egal, ob jemand die Kacheln stiehlt oder nicht, sagte Albert. Aber Jonathan lehnte ab. Eine Art Beißhemmung war es, die ihn zurückhielt von diesem Bubenstück. Und dann der Lärm! Im Treppenhaus, mit dem Stemmeisen Kacheln herauszubrechen! Nein, im Prinzip schon, aber eben nein. Er war eher dafür, die leeren Nischen des Treppenhauses mit Allegorien der vier Himmelsrichtungen zu füllen, also etwas hinzuzufügen dem Haus, anstatt ihm etwas zu nehmen.

Nochmals vom Botero anzufangen, darauf verzichtete Albert Schindeloe an diesem Tag, er wollte sich und Jonathan die gute Laune nicht verderben.

Das Gespräch der beiden wurde unterbrochen durch einen Mann, der einen Hundertmarkschein wechseln wollte (er duzte Albert). Als er von Jonathans Unternehmung hörte, gab er ihm den Rat, Fünfmarkstücke mitzunehmen, die segelten unter Kleingeld, die brauche man bei der Einreise nicht anzugeben.

Dann kam eine nichtstuerische Ehefrau aus Rahlstedt, die für ihr Geschirr: „Sie wissen schon, mit so Rosen drauf an allen Seiten", zwei Tassen suchte, die Untertassen habe sie schon.

Ob das ein Vormittags- oder ein Nachmittagsgeschirr sei, wurde sie von Albert gefragt. Oder ob es sich gar um ein Nachtgeschirr handle?

Als sie eben fort war – die beiden Männer freuten sich, daß sie kein Geschirr mit so Rosen drauf hatten –, kam ein Rentner mit einer Plastiktüte in der zitternden Hand, mit einer Bibel und einem Gesangbuch. Ob das nicht was für Albert wär'? fragte er. Das wär' ein uralter Familienschatz, sehr wertvoll!

Albert blätterte in der Bibel – es war eine Ausgabe von 1904 – und las ein Stück daraus vor.

> Ich habe gesehen das Elend meines Volkes
> in Egypten, und habe ihr Geschrei gehöret
> über die, so sie treiben …

Der alte Mann wurde freundlich behandelt, aber natürlich abgewiesen, und die beiden sahen ihm einigermaßen traurig nach. Albert gab die Schuld, daß dieser Mann hier Bibel und Gesangbuch verkaufen mußte, dem Scheiß-Staat, der für Raketen Milliarden ausgibt und dauernd die Renten kürzt. Er bezog seine Weltsicht einerseits aus Boulevard-Zeitungen und andererseits aus einem obskuren trotzkistischen Blättchen, das er unter seinen Akten versteckte, wenn jemand den Laden betrat.

Zu Mittag gingen sie eine Kartoffelsuppe essen, die es nirgends besser gab als beim „Spanier“, der gar kein Spanier war. Dieses Lokal wurde von einem sehr deutschen Studentenpärchen ziemlich kläglich bewirtschaftet, nur mit einer Altländer Kartoffelsuppe konnte es überzeugen. Das Bier zapfte der junge Mann, als ob er sagen wollte: Seht ihr, auch das kann ich. Also eine Idee zu flott. Und auf dem Klo hing das bekannte Plakat von dem deutschen Soldaten, der stehend freihändig eine Frau erschießt, die ein Kind auf dem Arm hat.

NIE WIEDER KRIEG!

Das könnte ja gar kein Deutscher gewesen sein, hatte es geheißen, das Käppi völlig falsch, und von Capa, das bekannte Foto war herangezogen worden, um die Ruchlosigkeit der Fotografen zu beweisen, jenes Capa-Foto aus dem Spanischen Bürgerkrieg, von dem Soldaten, der gerade von einer Kugel tödlich getroffen fällt. Das sei aus einer Laune heraus entstanden, weit hinter der Front und während die Kameraden Frühstück aßen und sich den Bauch vor Lachen hielten.

Zu Zeiten, als hier noch der Spanier residierte, hatten sich in diesem Lokal alle Händler der Gegend getroffen, Heinzi, der Mann mit dem Fahrrad, Dr. Ommel, ein Uhrensammler, der sich auch mit Chinoiserien auskannte und fließend Japanisch sprach, Giorgiu, der Spezialist für Glas, der alles auf Kredit abgab und seine Kollegen beklaute. Vor kurzem war die Polizei mal wieder bei ihm gewesen, davon sprachen die Leute.

Von all diesen Originalen aß niemand mehr beim Spanier, weil die Luft raus war aus dem Lokal. Kartoffelsuppe, das ist eben doch nicht jedermanns Sache.

Die beiden unterhielten sich noch immer über die Frau aus Rahlstedt, mit ihren Rosen drum rum, bei der es sich vermutlich um eine geschiedene Zahnarztfrau handelte, deren Mann fünfzig Jahre lang für sie blechen muß, obwohl es im Bett nie klappte, und die beiden Freunde waren der Meinung, daß bescheuerte Frauen ganz besonders bescheuert sind, eine ziemlich theoretische Ansicht, die sie durch keine praktische Erfahrung untermauern konnten und nur vertraten, wenn sie unter sich waren.

Gegen Schluß des kleinen Mahles holte Albert ein Bündel Fünfzigmarkscheine aus der Jackentasche und fragte seinen Freund, ob er ihm nicht ein paar Krakauer Holzfiguren mitbringen könnte oder alten Bernsteinschmuck?

Am nächsten Morgen entschloß sich Jonathan, der Generalin einen Besuch abzustatten. Ostpreußen? Achtzig Jahre alt? Vielleicht konnte sie ihm „Background" liefern, auf gut Deutsch gesagt, Informationen preisgeben, die ihm nützlich wären für seinen Artikel, und er dachte an Schlittenpartien, die diese Frau als Kind vielleicht mitgemacht hatte, zum Onkel auf das Nachbargut, glühende Wangen und vielleicht sogar Wölfe, die hinter dem Schlitten herrennen, und dann stürzen die Pferde, und die Bestien verbeißen sich im Bauch der edlen Tiere – das warme sprudelnde Blut ...

Er klopfte also an die Tür, und nach einiger

Zeit wurde sie ihm auch geöffnet. Die Generalin, eine hagere Frau mit wasserblauen Augen und einem weißen Lockenkranz um das von Fältchen zerschnittene Mädchengesicht, wunderte sich nicht im geringsten, daß der junge Mann, der ja schon längst einmal hätte kommen können, ihr nun, an einem Mittwoch um elf Uhr fünfzehn, ganz comme il faut, einen Besuch machte. Sie ließ ihn also herein in ihre dunkle Zimmerflucht, bot ihm einen Sessel an, ein brüchiges Fünfziger-Jahre-Dings, und ließ sich auf die Couch nieder, die mit Büchern und Zeitschriften bedeckt war. Die Beine nahm sie hoch. Über dem Sofa hing ein primitiv koloriertes Großfoto ihres Mannes (als General), und vor ihr, auf dem kleinen ausgebuchteten Tisch, stand eine Reiseschreibmaschine, die so aussah, als stamme sie noch aus Wehrmachtsbeständen. Sie hatte offensichtlich gerade was geschrieben, ein Bogen war eingespannt, die abgelegte Zigarette sandte kerzengeraden Rauch in die Höhe. Die hinter der Wohngruft liegenden, durch offenstehende Schiebetüren zu erspähenden Räumlichkeiten machten den Eindruck, als habe da grade jemand nach Waffen gesucht.

Jonathan nahm die Umgangsformen des vorigen Jahrhunderts an, er gab bekannt, daß auch er irgendwie aus Ostpreußen stamme, Rosenau, vielleicht habe sie von diesem Ort schon mal gehört? Seine Mutter sei auf der Flucht „abhanden gekommen", so könne man wohl sagen, also „draufgegangen" oder besser gesagt: an seiner Geburt verblutet ... Und er erkundigte sich nach dem werten Befinden der Generalin, die sieben Kindern mehr oder weniger problemlos das Leben geschenkt hatte: Kaufleuten, Bankern, einer Industriekauffrau und Jonas, einem blonden Sonnyboy, der in Kalifornien verheiratet war und hin und wieder um Geld bat. Zu der Generalin, die da vor ihm saß und ihn anguckte, hätte er gern „Exzellenz" gesagt oder wenigstens „gnädige Frau", aber das brachte er nicht über die Lippen. Die blauen Augen, der weiße Lockenkranz ... wenn man ehrlich war: Das kutscherartige Rauchen paßte nicht ganz zu dem mumifizierten Backfisch ...

Um der alten Dame Zeit zu lassen, sich auf die Vergangenheit zu konzentrieren, äußerte Jonathan die Ansicht, daß es wundervoll sei, hier, in der Isestraße, zu wohnen, und wie merkwürdig es ist, daß man noch nie ein Wort miteinander gewechselt hat. So etwas gäb's in südlichen Ländern bestimmt nicht, sagte er und schlug die Beine übereinander. In südlichen Ländern gingen die Menschen herzlicher aufeinander zu. Letztens in Passada, am Gardasee, wie habe er es genossen! Vom Volke sei er aufgenommen worden anläßlich einer Leichenfeier! Diese natürliche Heiterkeit! Wein angeboten und Kuchen, obwohl die deutsche Wehrmacht in einem nahegelegenen Eisenbahntunnel dreizehn Männer der Ortschaft erschossen habe! – Mitmenschliche Gefühle wären im kühlen Hamburg offenbar unbekannt. Neulich habe er einen Herrn um Wechselgeld gebeten, an einer Telefonzelle, der habe überhaupt nicht reagiert.

Während er so sprach, ließ er seine Blicke durch das Zimmer schweifen. Donnerwetter! war das hier ein Gemuse! Ein Glasschrank mit Porzellan stand neben der Couch, die zersprungene Fensterscheibe mit Leukoplast geklebt. An der Wand hingen kleine Gemälde, gar nicht schlecht gemalt, handwerklich ohne weiteres okay, eine Allee, ein See mit Wald und Schwänen, aber daneben dann eben doch die Sonnenblumen von van Gogh, auf Preßpappe aufgezogen.

Wer diese Bilder wohl mal alle erbt, dachte Jonathan, und er fragte sich, weshalb die Dame nicht einfach eins abnähme und ihm schenkte. Wenn man so alt ist, braucht man doch keine Bilder mehr!

Die Generalin mochte schon geglaubt haben, daß er wegen der Miete käme, daß er sie womöglich nicht bezahlen kann, sie zündete sich an der abgerauchten Zigarette eine neue an und hörte nun, daß Jonathan nach Polen, genauer gesagt Ostpreußen, reisen müsse und natürlich auch wolle, und daß er nun ganz allgemein Erkundigungen einziehe, nach diesem Landstrich dort, Bücher gäben das nicht her, was er wissen müsse, Brauchtum, Aberglaube, und sie habe doch zweifelsohne ein essentielles Vorwissen, seine Generation sei da ja gänzlich uninformiert ...

Die Generalin nahm einen Schluck offenbar kalten Kaffees aus ihrer bekleckerten Tasse – die Untertasse klebte fest – und sagte: „Ach Gott, ja Ostpreußen ..." Aber bevor sie davon erzählte, daß sie gerade dabei sei, für ihre Enkelkinder alles aufzuschreiben, beklagte sie sich darüber, daß draußen vor ihrem Fenster das Blätterwerk der Straßenbäume das Sonnenlicht abhielte. Sie käm' sich vor wie ein Nachtschattengewächs! Das einzige, was sie noch tröste: vor allen Häusern Kastanien, nur vor ihrem Haus, der Nr. 13, eine Platane. Eine Ausnahme also! Diese Platane erinnere sie an den Park ihres Onkels, Heiditten 1938, wo sie so wunderschöne Tage verlebt habe.

„Alles Kastanien", sagte sie mit tiefer Stimme, „eine neben der andern, nur vor meinem Haus steht eine Platane." Schön, aber auch irgendwie irrsinnig sei das, und typisch für die Stadtverwaltung in Hamburg. Immer sei in ihrem Leben etwas Besonderes gewesen, etwas Irrsinniges. In Ostpreußen seien die Nachbarn von den Rotarmisten totgeschlagen worden, damals, '45, auf ihren Gütern, nur sie nicht. Als eben die Soldaten hätten plündern wollen, das Gewehr schon angelegt auf sie, da sei ein Offizier der Garde gekommen, mit seinem Stab, habe die Kerle hinausgeschmissen und sei bei ihr eingezogen und habe sie beschützt. Ein Segen natürlich, daß sie habe Russisch sprechen können!

Kommt vorgefahren, wohnt mit ihr zusammen, gebraten und geschmurgelt, und abends Klavier gespielt ... Und dann habe er sie quasi hinausgeleitet – „Sie können hier nicht bleiben" –, sei mit einem Wagen vorgefahren und habe sie nach Stettin gebracht, durchs polnische Gebiet. Sie sehe ihn noch stehen, an der Grenze.

Nicht zu fassen, noch heute denke sie darüber nach.

Ihr Mann habe schon frühzeitig eine Impression gehabt von dem, was den Ostpreußen blühte, dessen Vorstellungskraft und Sinn für die Realitäten sei noch ungetrübt gewesen. Man stelle sich vor: Im Sommer 1944 hatte er dieses Haus hier gekauft, kistenweise Bücher und Gemälde hierher verlagert, das ganze Silber! Ihre Kusine in Bonn – nichts gerettet, als das, was sie auf dem Leibe trug. Nicht ein einziges Stück! Und sie so ziemlich alles!

Irrsinnig.

Auf dem Fensterbrett, auf dem ein uralter Blumenstrauß seine Blütenblätter auf tote Fliegen herabfallen ließ, standen Standrahmen voller Fotos: der hoch dekorierte Ehemann, die Kinder und sie selbst: eine junge Frau mit blondem Lockenkranz um den Kopf: Ja, dieses junge Mädchen war die Generalin selbst, ohne Zweifel, und das war sechzig Jahre her!

Jonathan sah es mit Verwunderung. In ihm quoll Sehnsucht auf nach einer Zeit, in der weiße Gutshäuser über goldenen Ährenfeldern gestanden hatten, und ein junger Offizier kommt geritten, und er wird erwartet am Tor …

Auf dem Schreibtisch der Generalin lag ein altes Fotoalbum, in verschossenen grünen Samt eingebunden, mit Messingecken und -schnallen. Das ließ sich die Generalin reichen, und sie blätterte darin und erklärte Jonathan, der herantreten mußte, die Bilder: das Eselsgespann vor dem weiß getünchten Wohnhaus, weinberankt, ihre Schwestern in Matrosenkleidchen, der Vater mit Hindenburg zusammen bei der Jagd.

Dann erzählte sie Geschichten: Streng erzogen, die Schlafzimmer im Winter nicht geheizt, aber zum Geburtstag hatte die Mutter ihnen eine blaue Atlasschleife um den Arm gebunden. Wer eine blaue Schleife trug, von dem wußte man: der hat Geburtstag.

So redete die Generalin und zündete wieder und wieder eine Zigarette an der andern an, und Jonathan dachte: Wie schade, daß sich heute niemand mehr für diese Geschichten interessiert. Er selbst interessierte sich auch nicht dafür, aber er dachte, daß das eigentlich ganz sonderbar sei, er hier, an einem Mittwoch im August, im Zimmer einer Übriggebliebenen, eines greisen Relikts, und er als junge Generation, zu Füßen des Alters und lauschend, wenn natürlich auch nicht unbegrenzt lange. Das nächste Mal bei Albert Schindeloe das mal so einfließen lassen ins Gespräch, daß er dauernd mit alten

Leuten spricht, man muß sich schließlich um sie kümmern …

Die Zeit ging dahin, eine Story reihte sich an die andere. Schließlich wurden die Namen von Enkelkindern hergezählt, einer in Kanada verheiratet, einer als Jurist bei Bayer in Leverkusen – und Jonathan wünschte sich fort, weit fort! In seine Stube, auf sein schönes Ledersofa. Was hatte ihn geritten, sich auf dieses Abenteuer einzulassen?

„Fahren Sie ruhig nach Ostpreußen, Herr Fabrizius", sagte die Generalin und stand auf, „das wird eine Reise, die Sie nie vergessen werden."

Damit war der Besuch beendet, und Jonathan ging hinüber und warf sich auf sein Ledersofa. Merkwürdig, dachte er, die hat nun schon vierzig Jahre lang Pension bezogen, von Lastenausgleich ganz zu schweigen … Und wie viele Generalinnen gibt es, die auch alle Pension beziehen. Daß die Volkswirtschaft das hergibt! – Aber dann überlegte er, daß auch andere Menschen Renten und Pensionen beziehen und daß die Empfänger dieser Renten und Pensionen ja schließlich das Geld auch ausgeben. Sie kauften davon Zigaretten zum Beispiel, Kaffee, Tauchsieder, und davon bezahlten die Kaufleute ihren

Angestellten Löhne und Gehälter, die dann ihrerseits Zigaretten und Kaffee kauften und sich eine neue Stereoanlage hinstellten.

Wer ist am Ende der Dumme? dachte Jonathan, und er verhedderte sich in seinen Gedanken.

7

Am letzten Abend hätte Jonathan gern still zusammengesessen mit seiner Freundin, das Es-Dur-Klavierkonzert gehört und in einer von ihr so sauber angelegten Grausamkeitsmappen geblättert – die Fußstellung des Gekreuzigten! –, aber das machte sich irgendwie nicht. Ulla war unruhig, sie strich an der Schrankwand entlang, guckte aus dem Fenster – es war fast so, als erwarte sie jemanden. Im übrigen hatte sie zu arbeiten, wie sie sagte, im Museum mußte sie um acht Uhr mit Dr. Kranstöver noch mal alles durchgehen: letzte Vorbereitungen für die Ausstellung treffen. Zeugnisse von Grausamkeiten waren ja zahlreicher, als man dachte! Die Menschenfresser in Afrika und in Mittelamerika, diese Hautabzieherei, mal ein Telex nach Mexiko schicken! – Grausamkeit? das Thema war ja uferlos.

Jonathan entschied sich, einen Klavierabend zu besuchen. Die Stepanskaja spielte im Kleinen Haus Chopin und Debussy: also genau das Richtige für diesen Abend.

Ulla besaß die Schallplatte „Children's Corner", die hatte lange zum Repertoire ihrer Abende gehört. Sie hatte auch eine Platte mit den Chopin-Etüden, von denen man nicht glaubte, daß zehn Finger ausreichten, einen solchen Spektakel zu verursachen.

Vor Spektakel war Jonathan an diesem Abend sicher, nicht die Etüden von Chopin, sondern verschiedene Nocturnes standen auf dem Programm. Dazu die wahnsinnig schöne Ballade in g-Moll, von der man denkt: Das kann ich auch, diese Ballade spielen, aber dann kommt's eben doch dicke. Mit dieser Musik wäre Jugendlichen, die es sonst vorzogen, ihr Gehör in Discos zu ruinieren, vorzuführen, daß klassische Musik gar nicht so reizlos ist, mit diesen Klängen würde man sie vielleicht dem Abendland zurückgewinnen können?

Der Veranstalter hatte an den langen (etwas ramponierten) Theaterflügel echte Kerzen stellen lassen, und die Stepanskaja trug ein gelbseidenes Kleid, das sie weit nach hinten gebreitet hatte. Ihr dunkles Haar fiel ihr nach vorn, wie sie da auf ihrem Schemel saß und sich noch einen Moment besann, und machte es, daß sie begehrenswert aussah, obwohl sie in ihrem Lebensalter schon deutlich fortgeschritten war. Nun sah sie auf, knetete die Hände wie eine Beterin und griff dann kurz entschlossen in die Tasten.

Der intime Raum, die stimmungsvolle Beleuchtung und die meist edlen Menschen, die sich leicht vorneigten, um der Musik entgegenzukommen, oder sich zurücklehnten, von den enharmonischen Verwechslungen wie in eine laue Nachtbrise eingefächelt. Adamsapfelige Studenten mit Freundin, kleine Mädchen, denen man die Klavierstunde schmackhaft machen wollte, greise Menschen mit Hörgerät, die an ihr Elternhaus dachten: Die Mutter, ach ja, wie schön sie doch gewesen war, und der Vater hatte neben ihr am Klavier gestanden – chant sans parole – und hatte die Seiten umgeschlagen. All diesen Menschen floß die geschmolzene Musik in vorgeformte, aufnahmebereite Bahnen …

„Abendland", dachte Jonathan, „dies ist das Abendland." Er hoffte, daß die Menschen, die links und rechts von ihm saßen, es merkten, daß auch er zum Abendland gehörte – Ruine

Eldena! – und mit seinen Arbeiten über die wogenden Weizenfelder der Musik hinweg seine Schuldigkeit tat – Geist zu Geist! Der sich nicht zu schade war, aus reinem Interesse heraus nach Ostpreußen zu reisen und dort möglicherweise angegangen zu werden von Leuten, die es auf seine Uhr abgesehen haben?

Er lauschte der Musik, und er prüfte sein Erinnerungsvermögen, ob er die Akkorde kennt und die Läufe, die er da hört, und er fragte sich: Warum besitze ich kein Haus an einem See, weiß hinter einer Blutbuche, Stufen führen hinab zum Wasser, die unterste wird von kleinen schwappenden Wellen überkräuselt ... Er säße dann auf einer weißen Bank, das kühle weiße Haus, und aus den geöffneten Fenstern kämen jene Klänge, die eben jetzt zu hören waren, Klänge, die man heutigentags eigentlich nicht mehr guten Gewissens sich anhören konnte: In den Wüsten Afrikas schleppen sich Flüchtlinge durch den Sand, hungernd und durstend, in den Städten auf Abfallhalden landen sie dann.

Die Enge des Raumes und das dichte Beisammensein mit Menschen machten Jonathan Konzentration und Zerstreuung schwer. All diese

Menschen waren nicht wegen der Musik gekommen, die sie ja kannten, sie waren gekommen, um sich niederzulassen an ihren eigenen Erinnerungen und um etwas zu erleben, das möglicherweise historisch werden würde, von dem man eines Tages sagen könnte: Ich bin damals dabeigewesen, ich habe es erlebt, jenes Konzert, in dem die Stepanskaja traurig-schöne Mondscheinläufe hinauf, hinunter in die Gegend schickte, und dann über den Tasten zusammenbrach, jene Frau, von der gemunkelt wurde, daß sie unheilbar krank sei.

Die körperliche Nähe zu Menschen, die nach altem Zigarrenrauch rochen oder Puder- und Parfümwolken von sich gaben und inbrünstig hofften, daß es die Stepanskaja an diesem Abend erwischen würde, störte Jonathan. Vor ihm verlangte gar ein Kind, deutlich hörbar, von seiner Mutter auf den Schoß genommen zu werden: „Mami, ist es bald aus?" Aber die Nähe dieser Menschen zog ihn auch wieder an, Menschen, die jetzt, passend zu der Musik, Bilder in ihrem Inneren produzierten, wie eine innere Begleitschau zu fis-Moll und A-Dur. Menschen von Geist, die nicht zu denen gehörten, die zu den Meeresklippen von Cornwall fahren, um hinterher zu sagen: „Es war schön." Menschen, die sich um Kultur sorgten und dafür, daß sie nicht erlischt, die bereit waren, fünfzehn Mark auszugeben, um Kompositionen zu hören, die sie partiell hätten mitsummen können.

Im Gegensatz zu den Konzertbesuchern rechts und links sah Jonathan keine nächtlichen Wälder mit Mond. Er bedauerte es, daß nicht oberhalb des Vorhangs ein laufendes Band die Partitur wiedergab, damit er hätte verfolgen können, ob es gleich hinauf- oder hinuntergehen wird. Da dies nicht der Fall war, bebilderte er die Musik mit der angelesenen Kenntnis der letzten Lebensjahre des blutspuckenden Chopin. Mallorca! eine Mönchszelle in dem feuchten Kloster in Form eines Sargs! Von den Einwohnern ausgenutzt zu werden und immer Regen, Tag und Nacht, und dann noch nach London zu reisen, dieser Leichtsinn!

Er dachte auch an George Sand, die unverbesserliche Hosenfrau, die ihn zunächst gepflegt und dann im Stich gelassen hatte. Ob sie auch auf zwei Fingern gepfiffen hatte zu bestimmten Anlässen?

Während die sterbenskranke Stepanskaja tränenreiche Akkorde griff, ging Jonathan mit dem blutspuckenden Komponisten durch die feuchte

Kartause und produzierte Vorahnungen: Vielleicht drohte ihm ja Ermordung in Polen? Mit der Axt den Schädel spalten ... oder ein Messer in den Leib? Wie Winckelmann in Triest? Und er sah sich ausgestreckt liegen als ein mitteleuropäisches Opferlamm, in einem Wald, die Kehle durchschnitten.

Danach kam Debussy an die Reihe mit seiner Unterwassermusik. Obwohl es sich bei ihm um einen blutrünstigen Deutschenhasser gehandelt hatte, liebte ihn das Publikum. Clair de lune ... Das war die Erinnerung an Sommerabende ohne Mücken, an Abende, an denen man nicht noch einmal hineingehen mußte ins Haus, um eine Decke zu holen, an denen man nicht zu denken brauchte an das Büro von morgen, sondern an denen man sich erinnerte an längst vergessene Erinnerungen. Wenn man einmal absah von den läppischen Anlässen, zu denen Debussy seine Musikstücke verfaßt hatte – Golliwogg's Cakewalk –, diese Impressionsklänge waren unverzichtbar fürs Gemüt; schade, daß man sie sich nicht an die Wand hängen konnte, wie die Sonnenblumen von van Gogh.

Eines der Stücke, die Frau Stepanskaja spielte, hieß: Die versunkene Kathedrale. In dem Begleitheft stand, man könne direkt hören, wie die Kathedrale Stück für Stück aufsteige aus den Tiefen und schließlich sich herrlich vor den Augen der Menschheit erhebe.

Nun hörte die Frau auf zu spielen, und das rhythmische Klatschen setzte ein, von einzelnen Bravo!-Rufen durchsetzt, das sich darauf bezog, daß die Künstlerin trotz ihres tückischen Herzfehlers so kraftvoll gespielt hatte: Zwanzig Jahre lang Tonleitern üben, sämtliche Nocturnes im Kopf, Schumann, Debussy, Mussorgski, und nun in Kürze ins Gras beißen müssen? Die durchtrainierten Hände gewaltsam von der Leichenwäscherin gefaltet? Das Fleisch fällt zuerst ab, dann die mißhandelten Sehnen ... Manch einer mochte es bedauern, daß die Virtuosin nicht wie Lipatti abgeführt worden war aufs Totenbett oder, besser noch, zusammengesunken während des Spiels, dort oben, im Licht der Kerzen, und mit einem Mißakkord ihr Leben endigte ...

„Ich bin dabeigewesen, ich habe es erlebt ..."

Da dies nicht geschehen war, klatschten sie. Die Bilder verschwanden in den Gehirnen, das Abendland verflüchtigte sich. Jetzt mußte Land gewonnen werden, also ins Freie gegangen, die nächste U-Bahn erreichen, oder den Wagen aus dem jetzt einsetzenden Gewühl hinaussteuern in die gesegneten Vororte, der Fernsehapparat dort eingeschaltet und die Spätausgabe der Tagesschau gesehen.

Daß auch andere hinausstrebten an die frische Luft, schneller als zu dem samtenen Abend passend, versöhnte Jonathan ein wenig. Und er erkannte: Die Vereinzelung ist es zwar, dieses: Ich hier – du da, was das Abendland ausmacht. Aber im gemeinsamen Tun besiegen wir unsere Einsamkeit.

Jedenfalls vorübergehend.

Als Jonathan sein Fahrrad bestieg, nahm er sich vor weiterzumachen, nicht nur seine nordischen Riesinnen ans Licht zu ziehen, Stück für Stück, sondern auch mit Kleinarbeit in jeder Form, mit den Zäunen der Provence, mit Brückengeländern aus den Zwanzigern in Chicago, und Wittgenstein, weshalb der in seiner Dorfschule die Schüler geohrfeigt hat, und Robert Schumann, was die kleinen Sechzehntelnoten in dessen Tagebüchern bedeuten ... Und mit Ostpreußen. Er würde einen Artikel über dieses Land schreiben, der sich gewaschen hat! Der würde sich nicht eignen für launige, dialektgetönte Dichterlesungen, der würde nicht als Zeugnis von Heimatverbundenheit in den Archiven der Landsmannschaften verdorren, sondern herausgezogen werden aus den täglichen Bleiwüsten der Zeitungen: Haben Sie schon gelesen? würde es heißen. Fabrizius hat über das Masurenland geschrieben …

Um dieselbe Zeit saß Ulla Bakkre de Vaera auf der Terrasse eines Restaurants an der Alster mit ihrem Chef, dem stattlichen Dr. Kranstöver. Da es sich um ein feines Restaurant handelte, saß ein lebendiger Pianist an einem richtigen Flügel, der im Prinzip dasselbe spielte wie das, was Jonathan im Kleinen Haus zu hören kriegte. Er pingelte ein bißchen in das Geräusch der Fontäne hinein, die der Besitzer auf der Terrasse hatte installieren lassen. Wie selten es ist, daß man in Hamburg nachts draußen sitzen kann! Und wie beruhigend, daß es Menschen gibt auf dieser Welt, mit denen man sich versteht, auch ohne, daß viel geredet wird. Ulla klingelte mit ihrem Glasstäbchen im Cocktailglas: Spanferkel, lebend frisch, in Wildblütenhonigteig gebacken. Und sie nahm sich vor, morgen früh Jonathans Zimmer zu revidieren – sein Tagebuch hatte sie lange nicht gelesen, das würde sie sich zu Gemüte führen.

Dr. Kranstöver freute sich auf die Ausstellung, die nun bereits „stand" – Mexiko hin, Mexiko her –, und er sagte es immer wieder, daß er ohne Ulla die Sache nicht so gut hingekriegt hätte. Ihre Zusammenarbeit habe sich bewährt! Wer hätte das gedacht, damals, als sie da in seinem Büro saß. Ob sie eigentlich wisse, daß sie das ihrem Ring zu danken habe? Als er den gesehen habe, hätte er gewußt: Jawohl! – In den nächsten Tagen werde er nach Südfrankreich abdampfen. Nahe den Pyrenäen, in der Gegend von Béziers, wo damals die Katharer niedergemetzelt wurden, besäße er ein entzückendes Haus, durch das der laue Wind weht, barfuß, und er würde sich dort verludern lassen. Das wundervolle Weißbrot da unten und die Bohnen und der herrliche Wein. Und dann zum Endspurt ansetzen: Das Einführungsessay schreiben für die Ausstellung über die Grausamkeit, sein achtes *großes* Werk.

Ah! Frankreich ... Ein großes Volk. Daß diese Menschen so sensibel seien, daß sie dort sogar sprachliche Entgleisungen für „grausam" hielten ... „barbarisme" ... Wir hingegen, wir Deutschen, grob und ungeschlacht, in unseren Regionen gelte ja schon das Wetter als „grausam". Dieses so wichtige, erschreckende Wort werde bei uns ins Triviale gezogen und entwertet: „Es ist heute grausam kalt", daß man das in Deutschland sagen könne, sei eigentlich ein starkes Stück und lasse Rückschlüsse zu auf andere Gefühlsbereiche in uns, auf die Liebesfähigkeit zum Beispiel, mit der es offensichtlich auch nicht weit her sei. Die Liebe als Gegenstück zur Grausamkeit?

Die vielen Kleinigkeiten, die einem hier im Norden das Leben so sauer machten, mal alle hinter sich lassen. Die Zeitungsmenschen mit ihren idiotischen Kritiken und das nunmehr völlig verblödete Publikum und die Leute von der Stadtverwaltung, die seine Spesenrechnungen prüften, warum er denn immer mit dem Taxi ins Museum fährt, und die große Wohnung in Rahlstedt, ob das denn nötig ist, wenn im Museum für ihn eine Mansardenwohnung bereitsteht?

Dr. Kranstöver peilte es an, daß Ulla Bakkre de Vaera ihn nach Frankreich begleitete, sein großer Peugeot, den er gleich holen würde, um sie nach Hause zu fahren, würde sie vielleicht davon überzeugen, daß es lohnend sei, mit ihm zusammen ein paar Tage in Frankreich zu verbringen. Er würde ihr zunächst die Mansardenwohnung, das Penthouse, wie man auch sagen könnte, vor die Nase halten, sie damit locken und anwärmen und dann vor sie hintreten und sagen: Frankreich. Er sah sich im Liegestuhl liegen, von wilden Stauden überrankt, den Blick auf die fernen Berge gerichtet, und er sah sie aus dem ebenerdigen, niedrigen Haus treten, über die vermoderte Schwelle, im langen Rock und unbedingt barfuß, einen großen Fisch in der Hand, der noch lebt und den sie mit einem scharfen Messer schlachten wird ... Daß diese Vision Wirklichkeit werde, das würde er erreichen, das mußte er erreichen.

Auch Ulla dachte an einen großen Fisch, aber sehr viel konkreter. Die Teilzeitbeschäftigung mußte beendet werden, das war anzupeilen, neunundzwanzig Jahre alt und noch immer keine feste Anstellung? Über das feinstielige Glas hinweg betrachtete sie ihren Chef, der, durch die halbe Brille guckend, in seiner Forelle stocherte, die mit ihren weißgekochten Augen zu ihm aufschaute, und fragte sich, ob er wohl wie Jonathan gebrauchte Socken auf dem Schreibtisch liegen ließe, und gelb gewordenes, dem Gehörgang abgeformtes Ohropax? – Eine Prothese trug er nicht, soviel hatte sie schon festgestellt. Mundgeruch würde nicht zu erwarten sein.

Sie hätte es nicht für möglich gehalten, sagte

sie daher, daß er aus dem Wust von Material, das sie ihm angeliefert hat, eine so klare, überzeugende Ausstellung habe gestalten können. Der Mut des Weglassens und die Energie, Amorphes zu bündeln und das Entlegene zu dialogisieren. Wenn es gelänge, Mexiko noch anzuleiern, könne man direkt von einem künstlerischen Ergebnis sprechen, die „Ausstellung als Kunstwerk", da sie ja nicht nur den einzelnen Exponaten gerecht werde, sondern sie, zu einer Collage zusammengefaßt, in eine – ganz andersartige! – Gesamtaussage überführe: Ans Geniale grenze es, wie er vor- und zurückspringend die Überfülle des Materials gebändigt habe zu einer klaren und humanen Einsicht: damit sich Unrecht und Grausamkeit nie wiederholt auf dieser Welt.

Und so weiter und so fort?

Dieses Kompliment erregte in Dr. Kranstöver ein Gefühl der Aufgeräumtheit, und er erzählte, wo, wann und wie er die anderen sieben Ausstellungen arrangiert hatte – die Finger bog er dazu um –, Ausstellungen, die dann später Furore gemacht hätten, und daß Meckel eine absolute Flasche sei, ein Nichtskönner, wie er im Buche steht, wie der wohl gescheitert wäre an dieser Aufgabe.

Meckel? fragte Ulla, und Gott sei Dank fiel es ihr ein, daß dieser Mann in Bochum sein Unwesen trieb, und sie erinnerte sich daran, warum der Mann abzulehnen war. Hatte er nicht sogar einen Sprachfehler?

Beim Kompott angekommen, war Dr. Kranstöver der Ansicht, daß die Grausamkeit eine speziell männliche Domäne sei, vielleicht aus Kraftüberschuß sich herleitend oder aus partieller Unbeschäftigtheit – er sagte „Unbeschäftigtheit" –, ein Phänomen, das bei der Frau nicht auftauchte, da die normale Frau ja praktisch ununterbrochen mit Aufzucht beschäftigt sei und, durch das Brutgeschäft sensibilisiert, mitleidend in gewissem Sinne.

„Während der Mann am Feuer sitzt und Pfeile schnitzt, säugt sie den Knaben …"

„Nicht immer!" rief Ulla aus, nicht immer sei das so, und sie hatte Beispiele zur Hand, die das Gegenteil bewiesen: jene Tscheka-Kommissarin, hieß sie nicht Dora? in Minsk, und Ilse Koch, die KZ-Bestie – Frauen! Wehe wenn sie losgelassen! – Sie glaube, daß in einem Mann bis zum Schluß, wenn es zum Äußersten kommt, immer noch ein Rest von Fairneß vorhanden sei. Wenn sie nur an die Parkwächterinnen dächte, diese sonderbar uniformierten Hostessen, die auf Parksünder Jagd machten. Wenn diese Frauen ihre Strafzettel verteilten – vor denen könnte man auf den Knien herumrutschen, bei denen beiße man auf Granit.

„Aber Fräulein Ulla“, sagte Dr. Kranstöver und ergriff endlich ihre Hand, „bei diesen Frauen handelt es sich doch um die berühmten Ausnahmen, um Mannweiber, in deren Hormonhaushalt irgend etwas nicht stimmt.“

Ulla drückte seine Hand, als ob sie Guten Tag! sagen wollte. „Was wissen Sie, was alles in einer Frau steckt“, sagte sie, und sie dachte an Charlotte Corday. An dieses Bild von David, wie Marat da ermordet in seinem Zuber liegt.

Ermorden! dachte sie. Ermorden ist ja für sich gesehen noch kein Akt der Grausamkeit. Die Frage, wie man es tut, und sie überlegte, daß sie ihre Kartei vielleicht doch anders ordnen müsse. Mädchen in Uniform, Frauen gegen Frauen: Das war ein Gesichtspunkt, den sie noch nicht bedacht hatte. Wenn sie das nicht täte, dann käme man ihr am Ende mit der Gleichberechtigung!

Der Rest des Abends ging damit hin, daß sie über Seitenaspekte der Grausamkeit sprachen, über spezielle Untaten in der heilen Welt der braven Bürgerlichkeit, schwangeren Frauen den

Job zu kündigen beispielsweise, oder Fahrerflucht, diese Spezialität von Männern, die kaltschnäuzig weiterfahren, wenn sich ein Mensch auf der Fahrbahn krümmt. Hier zeige sich besonders widerlich, wozu der Mann fähig ist, der äußerlich wohlanständige.

Pedanterie – ob das nicht auch eine Form von Grausamkeit sei, darüber später mal nachdenken, sagte Dr. Kranstöver. Er dächte, daß übersteigerte Pedanterie auch ganz schön grausam sei, weil sie sich gegen die Sinne richte. An irgendwelchen Tütteln des Gesetzes festhalten, obwohl das pralle Leben sich einem darbietet?

Parallel dazu dachte er an die Mansardenwohnung im Museum, dieser wunderbare Blick über ganz Hamburg! Und er nahm sich vor, sie der jungen Frau schon morgen anzubieten.

8

Pünktlich fand Jonathan sich auf dem Flughafen ein, im Staubmantel mit gepunkteter Fliege. Er bezahlte das Taxi und ging in das mit Antennen bestückte Flughafengebäude hinein.

Die elektrischen Türen wichen servil zur Seite, und warme, melodisch getönte Luft quoll ihm entgegen. Anzeigetafeln blätterten die neuesten Verspätungen hin. Jonathan schlenderte durch die blanke Halle, unbeeindruckt von dem utopischen Getue der Menschen, die hier einen Billigurlaub nach Tunesien buchen wollten, auf Freizeit kostümierte Menschen, deren Kinder Denis und Jacqueline gerufen wurden.

Ein Türke fuhr gemütlich auf einem Spezialwagen, mit dem er den Fußboden polierte, an ihm vorüber. Er sang leise vor sich hin. Das hier war sicher angenehmer, dachte Jonathan, als im kargen Anatolien den Acker bestellen! Vorn spritzte aus Düsen eine weiße Emulsion, mit

Hilfe derer Schuhsohlendreck aus allen Winkeln der Welt beseitigt wurde: Letzte Kleininsekten liefen um ihr Leben.

Am Bankschalter tauschte Jonathan zehn Fünfmarkstücke ein, wie es ihm geraten worden war. An einem Kiosk kaufte er Zeitungen. Und, das machte den Tag gut: Neben ihm stand der Fußballer Manni Koch, dieser Mann, der beim letzten Europa-Pokal den Elfmeter verschossen hatte, der brauchte Rasierklingen. Diesem Mann begegnet zu sein, das war allein schon die Reise wert.

Im Flughafenrestaurant traf Jonathan wie verabredet die Crew der Santubara-Werke, Frau Winkelvoss und Hansi Strohtmeyer. Die hatten schon gedacht, dieser Literat, um Gottes willen, der schafft das nicht, der kriegt die Kurve nicht, denkt vielleicht, das ist erst morgen, oder er ist schon gestern geflogen, obwohl in dem Paper unter „top 1.13" genauestens angegeben und mit Zeilenmarkierer rot markiert: „9.30 Uhr Flughafenrestaurant." Sie sprangen auf und boten ihm ihren Platz an, obwohl noch zwei Plätze am Tisch frei waren: vielleicht doch ein bißchen enttäuscht, daß er erschienen war, man wußte nicht so recht.

Frau Winkelvoss, kleinwüchsig, strahlend. (Jonathan zupfte seine Fliege zurecht, als er sie sah.) Sie war von einer volantreichen Bluse und duftigen Tüchern eingehüllt, wozu sie juchtene Landsknechtstiefel mit goldenen Schnallen trug.

„Haben Sie das schöne Wetter bestellt?"

Hansi Strohtmeyer, der kräftig gebaute Fahrer, stand fast schüchtern daneben. Er war gar kein Fahrer, worüber sich Frau Winkelvoss amüsierte, daß Jonathan das dachte, sondern ein hochbezahlter Test-Mensch, ein Rennfahrer. Drei schwerste Unfälle und immer noch topfit. Er war schon in der Sahara mit dabeigewesen, bei dieser Superrallye, wie heißt sie noch, bei der es achtzehn Tote gegeben hatte: Lastwagen, Motorräder, Kleinwagen, alles durcheinander, über die vom Wind gemusterten Sanddünen hinweg, an Kamelkarawanen entlang, vom Hubschrauber aus gefilmt; und in Südamerika war er in einem Fluß steckengeblieben.

Die beiden aßen geräucherten Lachs, in Norwegen mit Vitaminbrei gemästet, und redeten von ihrem Chef, der sich die Ostpreußensache ausgedacht und organisiert hatte und schön grüßen ließ. Jonathan solle die Polenreise gegen den Strich bürsten, ließ er bestellen. Daß er Sinn für Realitäten besaß, war daraus zu ersehen, daß er Jonathan als Vorschuß einen Briefumschlag mit fünfhundert Mark überreichen ließ. Literaten, das weiß man ja, haben nie Geld.

Jonathan orderte eine Pastete und empfing von Frau Winkelvoss, die ein angenehmes Parfum benutzt hatte, eine Santubara-Mappe mit Prospekten, Karten und dem Flug-Ticket – „und, und, und" –, sowie den Paß, in dem sich der Visumvermerk befand. Obwohl die Polen rührend nette Menschen seien, gutartig, gastfrei, temperamentvoll, wurde ihm irgend etwas wahnsinnig eingeschärft, und daß er um Gottes willen in „Gdańsk" dies und das nicht tut. Und den Paß nicht verliert, sonst ist die Hölle los! Es war gleich heraus, daß er für die beiden ein liebenswerter Blindgänger war, dem man am besten, wie bei einer Kinderlandverschickung, das Ticket um den Hals gehängt hätte.

Sie glaube, sagte Frau Winkelvoss, die Anita mit Vornamen hieß, daß man ihn ein bißchen im Auge behalten müsse, und sie drohte ihm gar mit dem Finger.

So wollte man denn nun nach Polen fahren, das heißt, ja eigentlich nach Ostpreußen, also in „deutsche Lande". Die drei freuten sich auf die

Tour, das war doch mal was Besonderes, denn wer fährt heute schon nach Ostpreußen, mal neugierig, was es da zu sehen gibt. Die Polinnen sollen ja wunderhübsch sein, aber drei Jahre später gehen sie aus dem Leim.

„Die haben keine Ahnung, daß da früher mal Deutsche gelebt haben."

Noch irgend etwas kaufen? Zigaretten? Heftpflaster? Drüben ist man dann verratzt?

Nicht nötig. Die beiden Santubara-Leute wußten von Spezialläden in den Orbis-Hotels, in denen man für Westvaluta zu kaufen kriegt, was immer das Herz begehrt. Im übrigen seien die Polen auch nicht von gestern: Illegale Einkaufsstorys wurden zum besten gegeben, Brot, Butter, Wurst – ein Riesenhaufen, alles in allem für umgerechnet eine Mark fünfundsiebzig und dann in den Straßengraben gesetzt und aufgefuttert das Ganze.

Krakauer Wurst mitbringen, das nicht vergessen. So eine Wurst gibt es in ganz Europa nicht!

Natürlich waren sie zu früh gekommen, anderthalb Stunden mußten sie warten. Noch ein Bier und noch ein Bier.

Am Nebentisch, diese sonderbare Familie mit

dem offensichtlich geistig behinderten Kind, das da vor sich hinsabberte? Ob die dieses Kind, das seine Gesichtszüge nicht in der Gewalt hat und einen Lederhelm gegen Verletzungen trägt, etwa mitnehmen wollten, sonstwohin? Was das kostet, fragten sich die drei, das muß man sich mal vorstellen, und in Indien haben die Menschen nichts zu essen!

Tomatencremesuppe und Filetspitzen, Aufschnitt on wooden plate: Frau Winkelvoss verzehrte, so klein sie auch war, ein Eisgebirge, gelb, braun, grün, mit einem kleinen Papiersonnenschirm obendrauf, den sie ableckte und in die Handtasche steckte; sie rülpste auf entzückende Weise und redete immer wieder von „Gdańsk", was es da zu beachten gibt, das heißt, was es dort gegen den Strich zu bürsten gelte, und sie repetierte das, was sie selbst beachten mußte.

Adios, Madonna.
  die Zeit war so schön!
Adios, Madonna,
  doch ich ließ dich gehn ...
In seinen Armen bist du nun glücklich
Ich ließ es geschehn,
Adios, Madonna!
  Ich kann mich selber nicht mehr verstehn!

Frau Winkelvoss schob die Armreifen hoch und steckte sich einen Zigarillo in Zigarettenformat an. Sie telefonierte noch ein letztes Mal mit Mutzbach, wobei sie erzählen konnte, daß sie den Fußballer Manni Koch in der Cafeteria gesehen hat, dieser arme Junge, der den Elfmeter verschossen hat, sie hätte gar nicht gedacht, daß er so klein ist. Wie soll er auch gegen die großen Kerle ankommen! Daß Jonathan Fabrizius, dieser eigenartige Literat, Hansi Strohtmeyer für einen Fahrer gehalten hatte, das war natürlich auch weiterzugeben, das machte jetzt in Mutzbach die Runde.

Jonathan versuchte noch ein letztes Mal seine Freundin zu erreichen, der Abschied war etwas kurz gewesen. Zu Hause war sie nicht, und im Museum konnte man sie nicht stören, sie war vermutlich gerade damit beschäftigt, mit Dr. Kranstöver eine Gemäldekollektion aus den Staaten durchzusehen. Darstellungen von Hinrichtungen auf dem Elektrischen Stuhl, die, man glaubt es nicht, bis zu zehn Minuten dauern. Bilder, auf denen die Maler sich an „Schüttlern“ von Otto Dix orientierten.

Frau Winkelvoss ging noch mal eben schnell „für kleine Maulwürfe“, und Jonathan kaufte

Kölnisch Wasser, eine Packung mit zehn winzigen Fläschchen. Und dann schob sich die kleine Mannschaft zum Gate 39, wo es nochmals eine halbe Stunde zu warten galt.

Es sei für sie ein eigenartiges Gefühl, sagte Frau Winkelvoss, von zwei so schönen Männern in die Mitte genommen zu werden.

In dem Visitationskäfterchen breitete Jonathan vor dem Polizisten den Mantel aus wie ein Exhibitionist, und er bedankte sich bei dem Mann, daß der hier seinen Dienst tut, das muß ja wahnsinnig langweilig sein. (Ob er schon mal jemanden erwischt habe, fragte er nicht, diese Frage hatte der Polizist gewiß bis oben hin.) Auf dem Kontrollschirm versuchte er zu sehen, was seine Tasche für einen Anblick bietet in dem verfremdeten Zustand. Wie immer, wenn er ins Ausland fuhr, sah Jonathan den deutschen Paßbeamten mit einer gewissen Wehmut an. Nun würde man sich unter fremde Hoheit begeben, Gast sein, also den Mund halten müssen, statt auftrumpfen zu dürfen: einen Weltkrieg angezettelt, Juden ermordet und in Holland den Leuten die Fahrräder weggenommen – da hatte man verdammt schlechte Karten. Warum hatte er sich auf diese Reise eingelassen? Noch konnte er zurück!

Jonathan separierte sich von seinen Leuten und setzte sich mit dem Rücken zum Panoramafenster – da konnte er ungestört die Menschen beobachten, die ihrerseits sehen wollten, wie die Jets auf dem Rollfeld vorüberrollten und diese sonderbaren Spezialautos, wahnsinnig breit, aber winzig klein, wie sie hin und her wetzten, „geschäftig", und der Grenzschutzpanzer briet in der Sonne. – Die Menschen, die hier auf den Abflug nach Danzig warteten, sahen anders aus als die utopischen Figuren in der Abfertigungshalle, nicht sehr elegant, eher ländlich – ein bißchen so wie russische Matkas, die von Tiflis nach Moskau fliegen, um dort fünf Pfund Erdbeeren zu verkaufen. Fremdartig sahen die Menschen aus, „strange", wie Jonathan es bei sich formulierte: ein polnisches Kind mit einem sehr großen rosa Teddy unterm Arm, mit Spieluhr drin: „Happy Birthday to You ..." und ein Mann mit weißen Lederschuhen. Eine Frau trug einen roten Hut, mit dem wäre sie nicht aufgefallen, wenn sie ihn als kanadische Touristin in München getragen hätte, aber hier, angesichts des Ernstes der Lage, wirkte das fremd, ja albern. – Länger blieb sein Auge haften auf einer alten Frau, ganz in Schwarz. Vielleicht hatte die sich im Krieg verstecken müssen? Oder sie hatte sich nach dem Krieg eine Deutsche als Sklavin gehalten? Oder es war eine Deutsche, die sich das Gut ihrer Eltern ansehen wollte, auf dem man kriegsgefangene Russen in einem Lattenverschlag untergebracht hatte?

Alle Polen, die hier in ihre Heimat fuhren, hatten was im Gepäck, was sie eigentlich nicht bei sich haben durften. In Hamburg waren sie forsch aufgetreten, schließlich hatten die Deutschen ja ihr Land ruiniert und immer noch keine Wiedergutmachung gezahlt. Jetzt, mit der Aussicht, binnen kurzem mit polnischen Flughafenpolizisten zusammenzutreffen, wirkten sie einfältiger, ja frommer, als sie es in Wirklichkeit sein mochten.

Die Maschine der Fluggesellschaft LOT stand am äußersten Rand des Flughafens, wie in Quarantäne, und sie machte einen fremdartigen Eindruck, es war keine Boeing, sondern ein russisches Modell, ganz ähnlich wie eine Boeing, aber doch wieder deutlich anders, der letzte Schliff fehlte, das westliche Design oder wie man das nennen soll, also vor dem Leitwerk ein bißchen zu kurz und unter der Pilotenkanzel ein Wulst wie so ein Doppelkinn. Und drinnen die Sitze nicht numeriert! weshalb denn auch sofort das Geschubse losging. „Da stehn denn auch mal Hühner auf dem Gang", hatte es geheißen.

Jonathan schob seinen Mantel in die Ablage, wobei es Fünfmarkstücke auf ihn herabregnete – und er quetschte sich in den Sitz.

„Das sind ja Sitze für Pygmäen!"

Von hinten kriegte er Knie in den Rücken, und von vorn kam Knoblauchdunst! Und dann setzte sich ein kaukasischer Typ neben ihn, mit silbernen Zähnen, so einer von denen, die Lämmer schlachten, indem sie ihnen die Kehle durchschneiden und sie dann verbluten lassen, eine schwarze Persianermütze auf dem Kopf und eine unförmige Tasche auf den Knien: Der konnte es nicht fassen, daß Jonathan auf dem Fensterplatz saß. Mit diesem prachtvollen Mann, dessen Lieblingsspeise vielleicht ranzige Butter war, gab es kein Gespräch, da mußten sofort Armlehnenkonflikte ausgetragen werden. Hansi Strohtmeyer und Frau Winkelvoss saßen weiter vorn, neben dem Notausgang, der „Sollbruchstelle", wie der Rennfahrer scherzte. – Als Jonathan vor dem Abflug noch mal schnell auf die Toilette ging, rief er ihm zu: „Wir sind noch nicht da!"

Während sie über die Ostsee flogen, kehrte

Ruhe ein – „Seedienst Ostpreußen“ –, das zivilisierte Abendland versank, der rohe Osten näherte sich. Jonathan dachte an die Backsteinkirchen, seine nordischen Göttinnen, die auch heute noch, wie seit Jahrhunderten, ihre Brust gen Westen brüsteten. Ihm kam der Slogan in den Sinn: Die Ostsee ist das Meer des Friedens, und er stellte sich Völkerverbrüderungsschiffe vor, die, bunt bewimpelt, von hier nach dort und von dort nach hier singende Werktätige transportieren, Druschba! rufend, Schweineschnitzel mit Pommes frites, Raketen der Menschenliebe nachts, dazu Lieder auf der Klampfe, die vom Volk handeln, das im Grunde ja von Krieg nichts wissen will, durch das lehmige Wasser pflügend, in dessen Tiefen einzelne U-Boote lauern, die sich möglicherweise leise, leise, leise an die Schären des Friedenslandes Schweden heranschieben – kurz mal das Periskop rausstecken, zack wieder einziehen – und es sich in Felsspalten gemütlich machen, wo sie nichts zu suchen haben: eine Klappe öffnen und winzige Schwimmpanzer herauslassen, Depots anlegen für alle Fälle ...

„Wenn wir Schweden haben, fällt uns Finnland von selbst in den Schoß.“

Aus dem skandinavischen Friedensland fuhren in diesem Augenblick Frachtschiffe aus, mit geheimnisvoller Ladung unter braunen Segeltuchverhüllungen, Haubitzen besonderer Durchschlagskraft, Tretminen mit Verzögerungszünder und Kleinraketen, von jedem Schulkind abzufeuern, mit denen man Jumbos vom Himmel holen kann, die mit Touristen und Geschäftsleuten besetzt sind: Kriegsmaterial, für befreundete Friedensstaaten bestimmt, damit sie sich gegen Klassenfeinde wehren können, von denen sie mit ähnlichen Waffen beeiert werden, gegen Staaten imperialistischen Zuschnitts, die sie einkassieren wollen oder ausbeuten, oder knechten. Jonathan dachte daran, daß es den Fotoreportern noch immer gelungen war, an den Absturzstellen von Flugzeugen eine Puppe mit ausgerissenen Armen zu finden, die sie dann im Großformat in die Zeitung bringen konnten, und daß es immer hieß: Sieben Personen werden noch vermißt, von denen man nie hört, ob sie dann später doch noch wieder aufgetaucht sind, in einem Wirtshaus sitzend vielleicht, ein Bier trinkend zur Feier des Überlebens oder mit nur einem Schuh und in flatterndem Hemd durchs Schilf irrend. Zerrissene Puppen waren in den Illustrierten zu sehen, mit großen, fragenden Schlafaugen, keine zerquetschten Menschenköpfe, weil sie das Grauenhafte sublim übersprangen. Bilder von zerquetschten Köpfen und abgerissenen Händen wurden in Depots deponiert: Jonathan überlegte, ob er sich zu diesen Depots nicht mal Zugang verschaffen könnte, mit Hilfe des Presseausweises unter irgendeinem Vorwand, und dann ein Feuilleton schreiben über „Bilder, die man uns vorenthielt".

Jonathan sah hinunter auf die grüngraue, kabbelige See, er stellte sich vor, wie schwierig es sein mußte, mit einem Paddelboot, vorn das Kind, hinten die Frau, bei Nacht über dieses doch ziemlich ausgedehnte Gewässer schippern zu müssen: Flucht! Die Rentenbescheinigung im wasserdichten Beutel? Und in Gedser steht dann in der Zeitung: „... völlig entkräftet konnten sie aufgefischt werden aus dem eiskalten Wasser ..."

Und die Beamten dann, in Schleswig-Holstein, vor ihren Thermoskannen, die als Westidioten oder Westziegen zu bezeichnen waren, je nachdem: „Warum haben Sie das riskiert? Hier im Westen ist auch nicht alles Gold, was glänzt! Was haben Sie sich bloß dabei gedacht?" Und womöglich noch einen Prozeß an den Hals kriegen wegen des Kindes, dessen Leben leichtsinnig aufs Spiel gesetzt worden war? Wir leben schließlich in einem Rechtsstaat!

Jonathan stellte sich auch die andere Flucht vor, 1945, die großen, ächzenden Dampfer, bis zum Promenadendeck beladen mit Flüchtlingen und im Mahagoni-Speisesaal über- und untereinander, Erbsensuppe und trocken Brot, mit Kopftuch die Frauen, mit Skimütze die kleinen Jungen: Jeder darf nur einen Koffer mitnehmen, Kinderwagen bitte an Land lassen.

Muß i denn, muß i denn zum Städtele
hinaus …

Pferdewagen auch stehenlassen, am Kai, mit Kisten und Kasten drauf, Holzkummen zum Kneten von Wurstmasse zum Beispiel, Hausrat, den man auf vereisten Straßen herangeschleppt hat, alles stehenlassen, die Kommode und die Standuhr auch. Aber die kleine Aktentasche mit dem Schmuck mitnehmen, die goldene Uhr des Großvaters, die Amethyste und Smaragde, die vielleicht gar nicht echt waren.

„Für die Pferde sorgen wir schon", sagen die Soldaten.

Aber weh tut's doch, die beiden Braunen zurückzulassen, den Kopf haben sie gesenkt, ein bißchen wie Verrat kommt einem das vor: Und sie kriegen es mit, daß sie im Stich gelassen werden. Und das Land der Väter, am Fluß? Das war guter Boden gewesen. Die Schweine und Rinder hat man auf die Diele gelassen und Futter hingestreut.

An das U-Boot der Roten Flotte mußte Jonathan denken, das sich das größte Flüchtlingsschiff herausgepickt hatte. Und der russische Kommandant hatte gerufen: Los! und es gab einen Bums, und das Schiff legte sich auf die Seite, mit Promenadendeck, Schwimmbad und Mahagoni-Speisesaal, die Schüsseln rutschen zu Boden und die Bestecke, und da wurde kein Choral gespielt!

Näher, mein Gott zu dir!

Achtzehn Grad unter Null, die Menschen sprangen ins Wasser, in dem sie dann von Eisschollen zerquetscht wurden, Bein ab, Kopf ab. Und der sowjetische U-Boot-Kommandant kriegte einen Orden für diese Heldentat, und noch heute freut er sich darüber, beim Taubenfüttern in Leningrad, daß er das so gut hingekriegt hat. Schatzsucher mit Roboter geben sich nicht ab mit diesem Wrack, außer Gebeinen würden sie nichts finden auf dem Meeresgrund, in fünfundfünfzig

Metern Tiefe, höchstens eine Aktentasche mit Großvaters goldener Uhr, Smaragde und Amethyste, die vielleicht gar nicht echt waren. Keine Goldbarren, kein Bernsteinzimmer, da ist außer Knochen nichts zu holen, da wäre jede Investition hinausgeworfenes Geld.

Eigenartig, dachte Jonathan, daß man über dem Wrack keine Boje aufpflanzt „Zum Gedächtnis der 5438 Menschen, die hier den Tod fanden", technisch würde sich das doch machen lassen? – Ohne Schwamm-drüber läßt sich das Leben nicht ertragen, dachte er, und er sah seinen Onkel die tote Mutter in die Kirche tragen, jene Frau, die draufgegangen war, die man nicht einmal statistisch erfaßt hatte, die nur als Schnappschuß überdauerte und auch nur dann und wann.

Jonathan sah hinunter auf das Meer des Friedens. Wie schade, dachte er, daß sie nicht ansagen, ob das da unten noch Mecklenburg ist oder schon „Polen"? Eine Stadt lag da unten, wahrscheinlich „Szczecin" an der „Odra" oder vielleicht „Kohlwietze" oder wie Kolberg auch immer hieß? Eine Stadt, in deren Zentrum eine nordische Göttin thronte, die man aus der Tiefe hervorholen müßte, ans Licht, damit sich die Menschheit darüber freut? – Jetzt war sie nicht auszumachen wegen der Giftschwaden, die da unten in die Luft geblasen wurden. „Szczecin" – davon war in Jalta keine Rede gewesen, das hatten sich die Polen in die Tasche gesteckt, das lag ja eigentlich diesseits der Oder. Vielleicht rächte sich das eines Tages? Vielleicht mußten da eines Tages wieder Koffer gepackt werden und „binnen einer Stunde" alles geräumt?

Auch ein Fluß war zu sehen, gelblichen Dreck schwemmte er breiter und breiter hinaus auf die See.

Nun brachten die Stewardessen einen Imbiß, der westlichem Standard genügte, belegte Brote unter Cellophan, sogar einen Riegel Schokolade. Die Schokolade steckte Jonathan ein. Schokolade würde er an Polenkinder verfüttern können. – Der Kaffee schmeckte etwas sonderbar. – Was die Stewardessen betrifft: Da konnte von wunderhübsch keine Rede sein, die hatten in ihrer Entwicklung das Aphroditische offenbar übersprungen und waren sofort aus dem Leim gegangen.

Auch Frau Winkelvoss, zwei Reihen weiter vorn, steckte die Schokolade ein. Eine mit Blumen verzierte Packung! Die würde sie ihrem Chef mitbringen, damit der mal sieht, wie zurück die hier sind, wie rührend zurück. – Sie sprach mit Hansi Strohtmeyer ziemlich angeregt über den Abteilungsleiter, der sich die Werbereise in den Osten ausgedacht hatte, die sie nun vorbereiteten, modernste Achtzylinder vor dem Hintergrund heruntergekommener Städte, ein ziemlich energischer Mensch mit guten Seiten. Im übrigen repetierte sie, was in Gdańsk als erstes zu unternehmen ist, und um Gottes willen nichts vergessen. – Herr Strohtmeyer wollte von ihr wissen, ob sie den Fußballer Manni Koch gesehen hat? Dieser Mensch, der den Elfmeter verschossen hat? Er ist auf dem Klo mit ihm zusammengetroffen, sah aus wie ein ganz normaler Mensch.

Nun drehte sich Frau Winkelvoss um und stellte an Jonathan mimisch die Frage, ob es ihm gut geht?

Ja, es geht ihm gut, gestikulierte Jonathan zurück, wir werden das Kind schon schaukeln!

Der kaukasische Typ neben ihm verschmähte die moderne, Cellophan-gesicherte LOT-Nahrung. Der hatte eine Wurst und ein Brot und schnitt sich über den Daumen mit einem Taschenmesser was davon ab. Singend standen die Frauen in den Baumwollfeldern, Saleika war die Schönste.

9

Danzig, erst polnisch, dann deutsch, dann frei, dann wieder deutsch und wieder polnisch. Der Flughafen Danzig war eine Baracke, an der „Gdańsk“ stand, ganz ohne rollende Jets und eifrige Autos grotesken Formats.

Als ob Bad Zwischenahn einen Flughafen hätte, dachte Jonathan. Und Hansi Strohtmeyer sagte: „Und was machen die hier im Winter?“

Ein Volk, ein Reich, ein Führer! Kniebolo, eine Fliegerkappe auf dem Kopf, steigt aus seiner Ju 52, die Lederpeitsche in der Hand, und alle Schulkinder schreiben einen Aufsatz: „Der Führer über Deutschland.“

An die Maschinen, an die Maschinen!
Kamerad, da gibt es kein Zurück!

Fallschirme rutschen aus dem Rumpf heraus, einer nach dem andern, und die Obergefreiten pendeln zu Boden, das Klappmesser in der Seitentasche der Hose. Auf Kreta stachen die Bauern den Verwundeten die Augen aus ...

Die Frau mit dem roten Hut und das Kind mit dem rosa Teddybär: ein enorm unartiger Junge. Die ruppige polnische Sprache: So ungefähr mußte den Franzosen die deutsche Sprache vorgekommen sein, damals, 1940. Die alte Frau in Schwarz wurde vom Flugplatz weg, an den Kontrollen vorbei, von einer russischen Limousine abgeholt, deren Chauffeur die Mütze abnahm, als sie einstieg.

Es dauerte lange, bis das Gepäck angeliefert wurde. Ein einzelner Mann tat das, per Hand, der hatte sich vor die rostigen Wagen gespannt. Da hätte man gern schieben helfen wollen. Im Aufenthaltsraum saß man wie in einem Kino, viel Sperrholz und Linoleum, und vorn waren die Beamten zu besichtigen, die in den Koffern herumschnüffelten, in Frauenkoffern länger als in Männerkoffern: Die Delegation aus Hamburg bitte zuletzt. Die jungen Beamten in den Pappkabinen, jeden Paß Seite für Seite kontrollieren – was? New York? – und aufschreiben, wieviel Geld diese verrückten Ausländer einführen, und die Kameras notieren, Seriennummer usw., damit sie nicht im Lande verhökert oder womöglich gegen kostbare Waren eingetauscht werden und das mühsam bewahrte sozialistische Gleichgewicht stören. Bernstein zum Beispiel gegen Taschenrechner, oder Silberfüchse, mit denen man dann in Frankfurt in die Oper geht.

Und Wurst.

Der Santubara-Trupp kam in der Tat zuletzt dran. Ob sie Benzingutscheine haben wollten? wurden sie gefragt. Frau Winkelvoss fand das fabelhaft, gegen Benzingutscheine sei doch überhaupt nichts einzuwenden, da können sie einem wenigstens das Geld nicht stehlen, und vielleicht wird man mit diesen Gutscheinen an der Tankstelle bevorzugt abgefertigt? Und sie kaufte so viele Bons, daß sie damit eine Weltreise hätte machen können, obwohl ihr Hansi Strohtmeyer immerfort Zeichen machte, sie soll das bloß lassen!

Rätselhaft, weshalb sie das in Deutschland nicht einführten, Benzinbons! sagte Frau Winkelvoss, da könnte man Arbeitern billigeres Benzin verschaffen und den Fabrikbesitzern und Bonzen echt was abknöpfen. Benzinbons in verschiedenen Farben – und dadurch dann die Umweltverschmutzung regulieren irgendwie. Daß der einzelne Pole nur dreißig Liter Benzin pro Monat erhält, das sei doch wunderbar, vermutlich brauchten sie ja auch gar nicht mehr Benzin, sonst würden sie es doch bestimmt bekommen.

Sie flüsterte zuerst Hansi Strohtmeyer und dann Jonathan konspirativ den Schwarzkurs ins Ohr, den sie im Sommer erzielt hatte: 1000 Zl. = 10 Mark, und Hansi Strohtmeyer erzählte von Marokko, daß man da auch gut Geld tauschen kann, aber das ist manchmal nicht echt, und er schickte einen Kohl-Witz hinterher, in dem ein elektrischer Stuhl vorkam, der nicht funktioniert.

Polnische Witze kannte er auch: „Was gibt es in diesem Geschäft, mein Herr? – Keine Hemden. Keine Schuhe gibt es nebenan."

Als eine Stunde um war, sagte Frau Winkelvoss, in Hamburg dauere die Abfertigung manchmal auch sehr lange, und in der Türkei habe sie mal eine ganze Nacht auf dem Flughafen verbracht. In Ägypten seien die Menschen unwahrscheinlich freundlich. Aber die Araber in Abu Dhabi beim Zwischenstopp, die seien ihr unheimlich gewesen. Wie so Gestalten aus Tausendundeiner Nacht.

Hansi Strohtmeyer spielte mit einer Streichholzschachtel, in die Luft werfen und wieder auffangen. Als er das lange genug gemacht hatte, nahm er ein Streichholz heraus, splittete es und stocherte sich damit in den Zähnen.

Nach einer weiteren halben Stunde sagte Frau Winkelvoss: „Organisieren können die Polen eben nicht ... Ich find' das toll." Sie hatte ihre Schuhe ausgezogen und machte Zehenübungen. Jonathan sah sich die kleinen festen Füße an.

Draußen wurden sie als reiche Onkels aus Amerika erwartet von jungen Leuten, die Geld tauschen wollten, um Zigaretten bettelten und nach Taschenrechnern fragten, auch ein polnischer Reisespezialist war erschienen, den Hansi Strohtmeyer als „Opa" bezeichnete, mit Abzeichen am Revers, ein Abgesandter des Tourismus-Ministeriums, der die kleine Crew willkommen hieß. Daß dieser Mann früher einmal General gewesen sei und nicht ganz grün, wurde gewispert. Sei General gewesen und habe dann gesessen wegen irgendwas, und dann rausgelassen und nun bei der Touristik gelandet.

Auf dem Parkplatz standen zwei phantastische Santubara-Achtzylinder mit überbreiten Reifen, durch die DDR übergeführt und nun pünktlich und sauber gewaschen zur Stelle. Die dazugehörenden Techniker begrüßten den Autohelden Hansi Strohtmeyer und Anita Winkelvoss, die kleine Ulknudel, und sie sahen sich Jonathan neugierig an: Das war also der Mann, der den großen Hansi Strohtmeyer für einen Fahrer gehalten hatte. – Strohtmeyer wählte einen der beiden Superschlitten aus; in dem anderen würden die Techniker sie begleiten, falls was passierte.

Der polnische General fuhr in einem Lada vorneweg, die Santubara-Crew als Herrenmenschen hinterher, in ihren Superkarossen, mit denen man es nicht nötig hatte, schnell zu fahren. Jonathan war neugierig, was er nun erleben würde. Er freute sich, daß er sich auf dieses wohlvorbereitete Abenteuer eingelassen hatte, und er mußte an die überlangen Wagen der Amerikaner denken, diese schwarzen Lincoln-Dinger, die dann vor dem Waldorf-Astoria vorfahren, und da steigt dann bloß eine einzelne Frau aus mit einem weißen Zwergpudel unterm Arm, die bloß mal eben eine Schachtel Konfekt kaufen will.

Sie schlichen auf diese Weise statt nach Danzig nach Gdingen – die Lada-Leute kuckten schon immer, ob was los ist, daß die hier so schleichen –, in Danzig hatte sich kein Zimmer mehr auftreiben lassen, was der Tourismus-

General bedauerte, obwohl vor Monaten schon gebucht. Ein Hotel mit westlichem Standard, Bar und allen Schikanen, aber kein Zimmer mehr frei.

Mehrere Autos sahen sie im Straßengraben liegen und andere, die geschoben wurden. Autos gemeinsam schieben? Frau Winkelvoss fand es fabelhaft, wie die Leute sich hier gegenseitig helfen. Sowas gäb's im Westen nicht! – Das Santubara-Auto würde man nicht schieben müssen, das war klar, es roch zwar wie alle neuen Autos etwas nach verdorbenem Eiweiß, aber vorn, am Armaturenbrett das „Mäusekino", das war pikobellstens, dieser winzige Bildschirm, auf dem angezeigt wurde, daß alles in Ordnung ist, nirgendwo brennt eine Lampe zuviel, und keine Tür steht offen. Und dann: Bim-Bim, der „Heilige Bimbam", wenn man was falsch macht.

Jonathan wäre nicht auf die Idee gekommen, zu Gdingen „Gotenhafen" zu sagen: nach dem Weltkrieg aus dem Boden gestampft.

Die Halle in dem Westlicher-Standard-Hotel war mit feudalen Kunstblumen verziert und gewaltigen Plastikledersesseln vollgestellt. Ein Schwall volltrunkener Skandinavier kam ihnen entgegen, die waren extra herübergekommen aus ihrem sauber gewaschenen Land, um sich hier billig vollaufen zu lassen.

Das Hotel war in der Tat einigermaßen komfortabel, wenn auch das Schwimmbad nachts geschlossen war, wie der schwer atmende Touristik-General ihnen mitteilte, und man seinen Paß abgeben mußte, wenn man ins Bett wollte. So was kann man aushalten, wenn es auch auf empfindsame Menschen wie eine Entmannung wirkt und bei Cholerikern zu Wutausbrüchen führen kann. Aber Hansi Strohtmeyer hatte in der Sahara ganz was anderes erlebt! Ob es hier fünfzigtausend Zloty für zehn Pfennig gebe, wollte er wissen.

„‚Swotti' spricht man das aus", sagte Frau Winkelvoss. Sie fand die polnischen Geldscheine „ürgendwie toll". Auch fand sie es „ürgendwie urig", daß man auf ein Ferngespräch zwei Stunden warten muß, nicht wie in der Scheiß-Bundesrepublik, wo alles funktioniert und wo man gehetzt wird wie sonst was. Daß man nicht direkt nach Deutschland telefonieren kann, daß das über die Zentrale gehen muß, sei schließlich kein Beinbruch, man kommt ja grade aus Deutschland.

„Das findet sich schon."

Der General verabschiedete sich und wünschte der Crew alles Gute. Wenn was wär', brauchte sie ihn bloß anzurufen. Ihn schockierte die Mitteilung, daß der Jahresumsatz der Santubara-Werke erheblich größer wär' als das Bruttosozialprodukt ganz Polens. Dann war also die ganze sozialistische Schinderei vergebens gewesen, auch das Aufbegehren, das ihn sechs Jahre gekostet hatte, und das Spitzeln, zu dem er nun verpflichtet war.

Ein Portier, der nicht recht wußte, ob er Deutscher oder Pole ist – wie er es ausdrückte –, geleitete die Gesellschaft zum Lift, der mit einer zu Girlanden geschmiedeten Tür versehen war und von Stockwerk zu Stockwerk ruckelte. Die drei wohnten auf Zimmern, die direkt übereinanderlagen (wegen der Abhöranlage). Bei der Gelegenheit war zu erfahren, daß hier der Kurs auf 1:150 Zloty stehe und daß man ihn auf 1:360 treiben kann, wenn man es darauf anlegt, alles wunderbar also und wahnsinnig reizvoll.

Bei den Zimmern handelte es sich um ganz normale Zimmer. – Daß der Bezugsstoff der Sessel ausgefranst ist, kann man in Frankfurt auch erleben, und Hotelgardinen sind überall auf der Welt widerlich. In der Toilette lag sogar ein

Stück Seife und grünes, nach Teer riechendes Haarwaschmittel in einem Plastikkissen!

Die Handtücher rochen etwas ranzig, aber immerhin zwei Fernsehprogramme gab das TV her, so was reicht schließlich – obwohl es komisch ist, daß die Leute von Dallas hier polnisch sprechen. Und alles in s/w? Aber s/w war irgendwie progressiv sogar. „Farbe" hat man ja bis obenhin.

Jonathan trat ans Fenster. Unten auf dem Parkplatz lungerten Männer herum, sie machten sich an den geparkten Autos zu schaffen, während die Parkwächter in die andere Richtung guckten. An die beiden Achtzylinder mit Doppeleinspritzaggregat wagten sie sich nicht heran, da stand einer der beiden Techniker mit einer Kombizange in der Hand.

Auf der Reede lag ein Traditionssegelschiff und etwas weiter draußen ein Kriegsschiff, bei dem es sich, wenn nicht alles täuschte, um das Friedenskriegsschiff aus Hamburg handelte. Jonathan dachte an die Westerplatte, wovon sein Onkel erzählt hatte, daß sich da in einem Bunker noch zehn Jahre nach Kriegsende deutsche Soldaten versteckt gehalten hätten. Von den Vorräten gelebt und schließlich wie Axolotl ins

Freie gewankt. Das Linienschiff „Schleswig-Holstein", dieses Weltkrieg-I-Dings, hatte hier den ersten Schuß des Zweiten Weltkrieges abgegeben und 1945 dann den letzten.

Daß sein Onkel wie Julius Streicher aussah, fiel Jonathan ein, merkwürdig, sogar das Bärtchen und die Reithosen.

Aber grundgut.

„Also, wir treffen uns um fünfzehn Uhr", hatte es geheißen. Nachdem er sich, wie Frau Winkelvoss es ausdrückte, „frischgemacht hatte", fuhr Jonathan hinunter. Er tauschte in der Halle mit einem unerfahrenen Mann zwei Fünfmarkstücke gegen eine Irrsinnsmenge Zloty ein, jeden Schein holte der einzeln aus der Hosentasche heraus, zusammengeknüllt, und Jonathan war plötzlich eine Art Krösus. Als die andern kamen, sagten sie: „Was? Sie haben schon getauscht?" Und: Fünfmarkstücke? Daran hatten sie nicht gedacht. Obwohl sie schon in Ägypten und Marokko gewesen waren und in Mali Wassermelonen gegessen für 5 Pfennig das Stück, war ihnen das nicht eingefallen. Dann war Herr Fabrizius also doch kein solcher Lebensfremdling? – Daß die Empfangsdamen an der Rezeption miteinander tuschelten und auf ihn zeigten, hatte nichts mit der illegalen Geldaktion zu tun, das war wegen seiner Fliege, das fanden die ulkig. Gleich mal nach hinten gehen und das aufschreiben, das würde sich in dem Bericht gut ausnehmen …

Hansi Strohtmeyer übernahm einen der Wagen von den Technikern, und der Mann, der Herr Schütte hieß, erklärte ihm das Mäusekino vorn im Armaturenbrett, den winzigen Bildschirm mit den Symbolen für Anschnallgurte, Türen und Scheinwerfer und den eingebauten Kleincomputer: Wie lange unterwegs, wieviel km, wieviel Sprit gelitert und so weiter. Durchschnittsverbrauch nicht zu vergessen.

Sie fuhren in dem mittlerweile nochmals frischgewaschenen Wagen eine Allee entlang nach Danzig hinein, und während sie an den Villen vorüberfuhren, überbesetzte Straßenbahnen überholten und Laster mit schief hängender Ladefläche, zeichnete der Computer alles Wissenswerte auf; Fakten, die man an sich gar nicht zu wissen braucht, von denen jedoch eine beruhigende Wirkung ausgeht: links die Leninwerft – „das irre Solidarnosc-Denkmal gucken wir uns dann auch mal an, vielleicht ist das ja was fürs Kulturangebot?“ – und rechts Villen, noch aus der Gründerzeit, in der vermutlich Kohlenhändler gewohnt hatten oder sogar Reeder? – „Was? Flüchtlinge?" hatte die Reedersgattin im Februar 1945 gesagt. „Nein, die können wir nicht aufnehmen", und drei Tage später hatten sie dann selbst nach Westen humpeln müssen – Stories, die keinen Computer auf der ganzen Welt interessierten.

SOPOT, las Jonathan auf einem Straßenschild, und ein Bild von Zoppot aus seinem Erdkundebuch wischte durch sein Gehirn, ein Strandpavillon mit einer Jazzkapelle …

Wenn der weiße Flieder wieder blüht …

Wenn er Pole wäre und was zu sagen gehabt hätte damals im Jahr des vaterländischen Sieges, dann hätte er die deutschen Ortsnamen bis zur Unkenntlichkeit entstellt. „Sopot"? Das kriegt doch jeder mit, daß das mal Zoppot geheißen hat! „Klatschi" würde er den Ort genannt haben oder … wie hieß „Sonnenschein" auf polnisch? Davon wäre er irgendwie ausgegangen – SOPOT, das war zu billig, das enttäuschte Jonathan.

Unvermutet tauchte die Marienkirche über den Dächern auf: Da war sie ja, die nordische Göttin, zierlicher als gedacht, nicht wuchtig, eher „grazil". Die Nummer sieben in Jonathans Kirchensammlung, und schwupp! war sie wieder weg.

Wo hier wohl das „Polnische Postamt" war, in dem die tapferen polnischen Postbeamten ums Leben gekommen waren, das mußte hier doch irgendwo sein? Und die Straße, wo Hitler damals durchgefahren war? Blumen über Blumen? Wir grüßen unsern Führer, Sieg Heil?

Sie umfuhren die Altstadt mit der Marienkirche und ihren schönen Schwestern und parkten vor dem Orbis-Hotel, wo der technische Begleitwagen bereits stand. Whisky gab es hier zu kaufen und aus Knorren geschnitzte Männerköpfe. Daß es hier auch Krakauer Wurst geben würde, war anzunehmen.

Sie trennten sich, jeder hat schließlich seine eigenen Vorstellungen von Stadtbummel, und man kann ja nicht dauernd hintereinander herrennen.

Frau Winkelvoss gab Jonathan die Ermahnung, recht schön alles aufzuschreiben, was ihm vor die Flinte kommt, und dann gegen den Strich zu bürsten. Sie ging ans Telefon, um mit dem asthmatischen General vom Tourismus-Ministerium ein Hühnchen zu rupfen, weil ihr doch irgend etwas fest zugesagt worden war und nun Ebbe?

Strohtmeyer war bereits verschwunden.

Hatte der Gauleiter von Danzig nicht Forster geheißen?

Jonathan ging ohne Umstände zur Marienkirche. Wenn er in diesem Land verhaftet und polizeilich ausgewiesen werden würde, wegen der illegalen Zlotys oder wegen seiner deutschsprachigen Landkarte, dann hätte er die nordische Göttin Nr. 7 jedenfalls nicht verpaßt. Statt der vielen kleinen Türmchen hätten sie man lieber den einen, großen fertigstellen sollen ... dachte Jonathan, und er umkreiste das altrote Gemäuer. Ganz oben auf dem First schwebte ein Maurer, der kleisterte da Ritzen zu.

Und dann ging er hinein in das Gotteshaus, er mischte sich unter die Matrosen und Schüler, Hausfrauen und Landsmannschaftsleute und lief dreimal rum, zunächst den Kopf in den Nacken – wie es in New York die Fremden tun –, dann nach links und rechts schauend, ob da irgendwas Prachtvolles zu entdecken ist.

„Sieh mal, Mutti, da drüben stand früher die astronomische Uhr!" hörte er eine siebzigjährige Dame zu einer hinfälligen Greisin sagen, die sie unter den Arm gefaßt hielt. Die beiden

Damen gehörten zu der Landsmannschaftsgruppe, die Greisin wollte noch ein letztes Mal auf preiswerte Art die Gemäuer ihrer Heimatstadt sehen und dann sterben. Das hatte sie nicht gedacht, daß sie das noch erleben würde!

Mit seiner Pocketkamera machte Jonathan Aufnahmen von den weißgekalkten Gewölben. Oben offen müßte sie sein, die Kirche, dachte er: ein Glasdach. Aber dann wäre sie ja auch „zu". Der Weg zum Himmel ist „zu", dachte er. Ähnliche Gedanken hatte er, als er vor dem Memling stand, dem „Jüngsten Gericht", diesem elliptoiden Kreislauf des Guten und Bösen. Der Erzengel in der Mitte mit der Waage in der Hand, und oben, neben dem dreieinigen Gott, die Fürsprecher links und rechts. – Die Fürsprecher auf der Linken, dachte Jonathan, wann packen die ihre Sachen und gehen hinüber auf die andere Seite? Das müssen sie aber rechtzeitig tun, sonst stürzen sie mit hinab in den Höllenschlund! Er dachte auch an das eigenartige Schicksal des Bildes: für Holland bestimmt, auf See gekapert und nach Danzig gebracht, von Napoleon geraubt und nach Paris geschafft und dann wieder zurücktransportiert auf einem rumpelnden Pferdefuhrwerk. Wie viele Bilder wohl bei solchen Wagestücken verlorengegangen waren, die Reformation, der Bildersturm: die Altäre zerhackt und ins Feuer geworfen. Vielleicht war das Größte längst verloren und man begnügte sich mit Abklatsch? Was mußten das für Menschen gewesen sein, die gotische oder romanische Altäre zerhackten? Mittelalterliche SA-Männer aller Wahrscheinlichkeit nach. – Darstellungen der Hölle, das wäre noch was für seine Freundin in Hamburg, ob sie daran gedacht hatte?

Jonathan kaufte einen Vierfarbdruck des Memlings für Ulla. Außerdem fotografierte er alles zwei- und dreimal, für alle Fälle: Das hatte er erst einmal sicher. Leider gab es am Eingang keinerlei „Schrifttum", aus dem er hätte entnehmen können, wie hoch, wie breit, wie alt seine Göttin war. Von einer Führerin konnte er immerhin die Informationen erhaschen, daß die Marienkirche die größte aus Ziegeln erbaute Kirche der Welt sei, 105 Meter lang, 66 Meter breit, 4115 Quadratmeter Grundfläche – Platz für 24000 Menschen. Die Landsmannschaftsleute fielen jedenfalls nicht auf in diesem Riesenraum. Die hatten sich in eine Ecke gedrückt und überlegten, ob sie es wohl wagen könnten, hier ein Lied aus fernen Tagen zu singen. „So nimm denn meine Hände", das wär' doch an sich ganz harmlos? – Aber lieber nicht, sonst zerreißt man womöglich die mühsam geknüpften Fäden der Verständigung. Lieber noch ein bißchen warten mit so was.

Jonathan opferte beim Hinausgehen einen Tausendzlotyschein – er hatte extra noch eine Runde gedreht, um herauszukriegen, ob das viel Geld ist oder wenig: Siebenundzwanzig Mark und fünfzig hatte er errechnet, was, wie ihm dann draußen klar wurde, ein trauriger Irrtum war – und dann schlenderte er durch die wiederaufgebauten Straßen. Irgend etwas stimmte nicht mit dieser wiederhergestellten Stadt, die Häuser sahen genauso aus wie auf alten Fotografien, absolut in Ordnung, aber sie wirkten so, als stünden sie, wie in Vineta, auf dem Meeresgrund. – Daß man hier den Buddenbrook-Film gedreht hatte, half ja auch nicht weiter. Als Jonathan sich unweit des Grünen Tors, einer tadellos wiederhergestellten Renaissance-Sache, im Schaufenster eines Souvenirgeschäftes Schmuck ansah, kamen drei Zigeunerinnen herangewogt, eine ganz alte mit klaffenden Zahnlücken, eine jüngere und ein halbwüchsiges Mädchen. Diese drei fremdartigen Menschen, die sich hier in Polen vermutlich von Igeln ernährten, am offenen Feuer in Lehm gebraten, steuerten direkt auf ihn zu. Sie nahmen ihn in die Zange: „Deitscher? Oh! Deitschland scheenes Land …" – Ein Kunststück wollten sie ihm vormachen, er versteht doch Spaß? Daß sich in seiner Brieftasche, die er ihnen mal kurz in die Hand legen soll, innerhalb von wenigen Sekunden mehr Geld befindet als zuvor, das wollten sie ihm demonstrieren, wenn er kein Kind von Traurigkeit ist, was sie doch annehmen, wo er so lustig aussieht mit seiner hübschen Fliege und außerdem Deitscher ist?

Jonathan wich zurück, er sprang in den Souvenirladen, wo er erst mal sicher war. Durch das Schaufenster konnte er beobachten, wie die Frauen sich in einiger Entfernung postierten, um ihn abzufangen, wenn er wieder herauskommt. Es waren übrigens mehrere dieser weiblichen Geldvermehrungstrupps unterwegs, von polnischen Polizisten zwar beobachtet, aber nicht gehindert an ihrem Gewerbe. Ob die nicht wußten, daß das Ausländer waren, die hier belästigt wurden? Was machte das für einen Eindruck?

Jonathan setzte sich zu dem freundlichen Händler, der ihm alten Bernsteinschmuck vorlegte und gleisnerisch anpries. Preise wollte er zunächst nicht nennen, das konnte man ja immer noch tun. Sie würden sich schon einigen! Es handelte sich um faustgroße Klumpen milchigen Bernsteins, in Silber gefaßt, um Ketten von größer und größer werdenden oval geschliffenen Perlen und um Broschen jeder Art: „Das mit dem Preis, das kriegen wir schon. Da werden wir uns schon noch einigen.“ Krakauer Holzfiguren hatte er nicht, aber wenn Jonathan ihm Geld gäbe, könne er sie besorgen.

Der Händler sprach gut deutsch, er sei grade in Hamburg gewesen, erzählte er, dort habe er eine Filiale. Mit einem Freund, der hereinkam, redete er natürlich polnisch, vielleicht über alte Uhren, die noch aus der Nazi-deutschen Zeit stammten, eckige Dinger mit Leuchtzifferblatt ... Oder über Silber, das die Deutschen den Juden abgenommen hatten und dann dalassen mußten. – Jonathan saß in der Ecke, kaum mehr beachtet, und ließ das Geschehen auf sich wirken. Er notierte einiges, um es dann später gegen den Strich zu bürsten, wie es ihm von den Santubara-Leuten eingebleut worden war. Ein kleiner Junge brachte eine Kanne Kaffee und Kekse, von denen auch Jonathan welche abkriegte. Touristen kamen, die auf den Arm genommen wurden, und alle möglichen Nichtstuer, die nur mal eben ein bißchen glotzen wollten, und fremdländische Männer mit Goldzähnen, Geldscheinbündel in der Hosentasche. Jonathan hätte sich nicht gewundert, wenn auch Albert Schindeloe hier aufgetaucht wäre.

Schließlich kam ein abgewrackter Mann herein. Er ließ zuerst den Händler, dann Jonathan in seine Einkaufstasche gucken: Bücher hatte er darin.

Jonathan nahm eins heraus, es handelte sich um ein deutsches Buch, es hieß:

Die Schreibmaschine
und ihre Entwicklungsgeschichte

ein kleinformatiges Buch mit vielen Abbildungen. Und im Deckel war ein lila Stempel:

Hermann Binder
Krakau
Adolf-Hitler-Platz 5

Das kam Jonathan bemerkenswert vor, und er kaufte es für eine Handvoll Zlotyscheine.

Natürlich hätte er gern den milchigen Bernsteinbrocken gehabt, aber dreihundertsechzig Mark, die er dafür hätte zahlen sollen, wie sich herausstellte, hatte er nicht und: wie hätte er das Dings denn über die Grenze kriegen sollen und: für den Preis konnte er so was ja auch in Hamburg kaufen.

Statt dessen suchte er, um sich loszukaufen, eine kleine Anstecknadel heraus, legte einige Zlotyscheine auf den Tisch und verließ den Laden.

Draußen stürzten sich sofort die drei Weiber auf ihn, um ihm die angekündigten Geldvermehrungskünste vorzuführen. Er hielt sie sich vom Leib, indem er sich – obwohl nicht katholisch – bekreuzigte. Das war ein spontaner Einfall, und das funktionierte sofort. Die Frauen wichen zurück, eine rief: „Schurke!", und sie versammelten sich in einiger Entfernung: So etwas hatten sie noch nicht erlebt. Nun war er ein deitsches Schwein, und zwar ein raffiniertes.

Jonathan schlenderte noch etwas durch die wiederaufgebauten Häuserzeilen, links hinauf, rechts hinunter, an Menschen vorüber, die nach Fisch anstanden und nach Zucker, lichten Touristenrudeln entgegen. „Jawohl! Genau!" riefen Alt-Danziger, und sie rühmten die Als-ob-Architektur der alten Gassen, dieser Löwe hier, den da grade ein amtlicher Restaurator mal wieder sauberschrubbt, wundervoll! Da haben wir doch als Kinder immer drauf geritten? Das heißt auf dem Ding, das vorher da war, aber genauso aussah. Gleich mal fotografieren und zu Hause den Söhnen zeigen, die sich merkwürdigerweise für die alte Heimat nicht erwärmen können.

Der Leichnam hat sich nicht wiederbeleben, sondern nur verwandeln lassen, dachte Jonathan: in eine Wachsfigur, die ins Panoptikum gehört. Und: wie schade, daß man nicht Menschen rekonstruieren kann, die von Memling in den Himmel entführten Gnadengestalten zum Beispiel, oder die aus dem Höllenrachen, die Hinabgestürzten. Die Verdammten und die Seligen zum Leben erwecken und nackt, einen Strick um den Hals, durch die Gassen führen, und denen dann Zeichen machen: wird schon werden, und Zeichen gemacht bekommen, wie's drüben ausschaut ... Aber reden dürfen sie nicht.

Am Artushof wurde er von einer älteren Frau gestoppt. Sie sah deutsch aus, war aber keineswegs eine Deutsche. Vom Typ Tante Hermine war sie, und Jonathan dachte keinen Moment daran, daß er hier angebettelt werden sollte. Die Frau hatte ein leeres Arzneifläschchen in der Hand und sagte, ihre Tochter sei krank, und diese Medizin bekomme sie in ganz Polen nicht, und ob Jonathan ihr das nicht besorgen kann und schicken, wenn er wieder in Deutschland ist.

Jonathan sah auf die Uhr, es war halb fünf, und er hätte gern einen Kaffee getrunken, und da sagte er zu der Frau, wo sie denn wohnt, und vielleicht könnten sie da ja mal hingehen und einen Kaffee trinken und alles weitere besprechen?

Die Frau stutzte einen Augenblick, steckte dann aber das Fläschchen in die Tasche und sagte: „Kommen Sie bitte mit", und setzte sich in Marsch, und Jonathan ging hinter ihr her und besah sich ihre mageren Beine, die gestopften grauen Strümpfe und dachte daran, daß seine Mutter jetzt ungefähr so alt sein müßte wie diese Frau. Heute früh noch hatte er in der Isestraße zwei Brötchen mit Honig gegessen. Nun erlebte er ein Abenteuer von der Art, wie sie sich später gut erzählen lassen.

10

Die Frau hieß Kuschinski, sie wohnte in einem stehengebliebenen Altbau, dessen Giebel mit frühlingshaften Ranken und einer triumphierenden Jahreszahl verziert war. Über die Fassade war eine Garbe aus einem Maschinengewehr gezogen, aus den säulenverzierten Fenstern hing Wäsche.

Der ehemals herrschaftliche Aufzug, mit schmiedeeisernem Gitter versehen, war mit Latten zugenagelt. Sie stiegen die Treppen hinauf – die Wände des Treppenhauses waren gefliest –, eine Etagentür mit Vorhängeschloß und einer langen Reihe Namensschilder. Im Keller hackte jemand Holz.

Eine Blase von schlechter Luft quoll Jonathan entgegen, als die Frau die Tür aufschloß, denn in der Wohnung lebten drei Familien und diverse Untermieter. Das Zimmer, in das Jonathan geführt wurde – er bückte sich, als er eintrat –, war ein provisorisch geteiltes Zimmer, an der Stuckdecke war das zu erkennen, ein kleiner, grauer Raum, in dem Licht brannte. Er war mit Kaufhausmöbeln vollgestellt: eine Schrankwand mit dazu passendem Tisch (Deckchen, Vase), Fernseher (Deckchen, Holzreh), Kühlschrank (Deckchen, Glasschale) und einer winzigen Glasprismen-Lampe unter der Decke. In der Ecke ein Korb voll Wäsche.

An der Wand hing ein goldgerahmtes Bild, und unter dem Fenster stand ein geblümtes Sofa, mit Bettzeug drauf, aus dem sich offenbar gerade jemand herausgeschält hatte: die kranke Tochter.

Jonathan erfaßte das alles mit einem Blick, es brannte sich ihm in das Netzhautgedächtnis ein. Er setzte sich in einen der Blumensessel, zupfte an seiner Fliege und dachte: Hier bleib ich jetzt erst mal 'ne Weile sitzen. Als wäre er angekommen, so kam es ihm vor. Das Bettzeug auf dem Sofa: Als er Mumps gehabt hatte, da hatte er im Arbeitszimmer seines Onkels liegen dürfen. Wenn Hansi Strohtmeyer ihn jetzt suchte, oder die Winkelvoss, die könnten lange suchen!

Die Frau ging hinaus, um Kaffee zu kochen, echten Kaffee, der ihr aus dem Westen geschickt worden war, wie sie erzählte, aus Lampertheim, von einer Kusine ihres Onkels, nach dem Krieg dortgeblieben, mit einem Deutschen verheiratet. Ingenieur oder was, denen geht's gut. Sie kam sofort noch einmal herein – jetzt hatte sie Pantoffel an – und holte aus dem Schrank eine halbe Tafel Schokolade, die sie in ein Schälchen brockte, Westschokolade, ging wieder hinaus, und es war klar, daß sie ständig raus- und reinlaufen würde.

In der Küche wurde laut geredet. Die Frau kriegte anscheinend von den andern Mietern was auf den Deckel, daß sie jemand mitgebracht hat, wie sie dazu kommt, schleppt hier alle möglichen Menschen an, und ausgerechnet einen Deutschen! Und für den auch noch Kaffee zu kochen, teuren Bohnenkaffee! Eine Tür wurde zugeschlagen, und im Nebenzimmer brüllte ein Mann: Er hat Nachtschicht, und wenn nicht gleich Ruhe eintritt, schlägt er alles in Klump!

Nach ein paar Minuten kam die Frau mit ihrer kranken Tochter ins Zimmer, ob das wohl geht, daß die sich hier wieder hinlegt? Sie sei krank, und sie wüßten auch nicht, was werden soll ... Maria hieß die Tochter, die eine junge Frau war. Sie trug einen ausgebeulten Bademantel, stellte sich vor das golden vergitterte Fenster der Schrankwand und kämmte sich ihr Löckchenhaar eben mal kurz über. Dann drehte sie sich zu Jonathan, der aufgestanden war, und gab ihm die Hand und fragte, ob er das Fahrrad gesehen hat, auf der anderen Straßenseite, ihr kommt das so komisch vor, daß das da steht, das hat doch sicher was zu bedeuten? Und: wie das kommt, daß er sich hierher verirrt hat. Er wolle wohl Studien treiben, wie gut es den Polen geht?

Jonathan konnte sich später nicht mehr darauf besinnen, was sie dann noch gesagt hatte. Daß sie ihm die Hand gegeben hatte, daran erinnerte er sich, sie war feucht und schlaff gewesen, das wußte er noch, und daß sie vor sich hingesprochen und sich ohne Umstände wieder auf das Sofa gelegt hatte, im Morgenmantel, unter die Decke.

Daß es auch in Polen hübsche Mädchen gibt, Hundertmeterlauf der Damen, darauf war er nun schon verschiedentlich aufmerksam gemacht worden, aber bisher hatte Jonathan in den Straßen Danzigs hinreißende Schönheiten nicht ausmachen können, statt Speerwerferinnen eher Kugelstoßerinnen. Die schönen sind gewiß im Fischkombinat und filetieren Goldbarsch, dachte er.

Auch Maria war keine Schönheit, sie hätte für

Touristikwerbung nicht getaugt, sie war „vollschlank“ und hatte kurze, stämmige Beine. Das Gesicht war aufgedunsen, so als hätte sie viel geweint in letzter Zeit.

Sie ist eine Stummfilmschönheit, dachte Jonathan, in einen Buster-Keaton-Film hätte sie gepaßt, auf dem Beifahrersitz eines Motorrades, im Damensitz mit Baskenmütze, und das weiße Kleid weht wie ein Schleier hinterher.

Oder die Persildame in Schwarz, dachte er, und er sah eine Häuserwand vor sich, in Berlin, mit der verwaschenen Persilreklame darauf, von 1935: am Schlesischen Bahnhof, wo früher die galizischen Juden ankamen, die dann im fünften Hinterhof einer Mietskaserne eine Altwarenhandlung aufmachten.

Das Haus wurde erschüttert durch das Holzhacken im Keller, und die Mutter kam wieder herein und stellte Kuchen auf den Tisch, von Sonntag übriggeblieben, und Geschirr und kleine silberne Löffel, und Jonathan erfuhr, daß Maria immer so sonderbare Gedanken im Kopf habe – das Fahrrad, drüben, auf der andern Straßenseite! –, die gingen nicht weg, bissen sich fest, rotierten immerfort, Gedanken von Teufeln und Weltuntergang ... Und während die

Mutter davon sprach, lag Maria da und hörte sich das an und horchte in sich hinein, was die Unterwelt dazu sagt. Ihr Körper zeichnete sich unter der Decke ab, das hochstehende Becken und die kleinen Schultern, und sie hatte die Decke bis unters Kinn gezogen, sich eingemummelt, das kurze Löckchenhaar, nicht eben frisch gewaschen, und auf dem Tisch Pillenröhrchen, wie sie herumliegen, wenn ein Selbstmörder gefunden wird.

Draußen pfiff der Wasserkessel, die Mutter ging wieder hinaus, und Jonathan war allein mit dem Mädchen, er hatte Muße, den Fußbodenbelag zu besichtigen: Es war Stragula ähnlichen Musters wie in der Isestraße in Hamburg. Er sagte zu ihr, daß der Stragulabelag wahrscheinlich sehr wertvoll sei, den könnte man im Westen sofort verkaufen, Kolaschinski und so weiter, auch die Fliesen im Treppenhaus – das Stück zu fünfzig Mark, dächte er, man müsse nur jemanden finden, der sie abmontiert, und dann erzählte er ihr, daß er Journalist sei und daß er hier in Polen eine Autorallye für Motorjournalisten vorbereite, was er noch nie gemacht habe und auch ganz sinnlos fände – er selbst könne gar nicht Auto fahren –, aber es werde gut bezahlt. Und dann sagte er sogar, obwohl er wußte, daß ein solcher Vorschlag absolut blödsinnig war, weil nie in die Tat umzusetzen: Ob sie nicht mitfahren wollte, hinten in dem Auto, einem Achtzylinder-Santubara, wär' noch ein Platz frei? Er könnte das arrangieren?

Dann käme sie mal auf andere Gedanken?

Obwohl sie sich von ihm abgewandt hatte, hörte sie zu. Und plötzlich drehte sie sich ihm zu, stützte sich auf und fragte: „Wer hat die Schuld?" und sah Jonathan an.

Ließ sich wieder nieder und sagte noch einmal: „Wer hat die Schuld?"

Sie wußte, wovon sie sprach, und Jonathan wußte es, aber er konnte es nicht dulden, daß man die Dinge so verallgemeinerte, er mußte dagegenhalten. Einen Welt-Schuld-Verursacher wird man nicht finden können, dachte er, seiner wird man nicht habhaft werden, und ihm fiel ein Poster ein, das er in den Rocky Mountains gesehen hatte, in einem Souvenirladen, auf dem Indianer abgeschlachtet wurden.

Wer hat die Schuld? Auf dem Flughafen, er sah das Kind mit dem rosa Teddybär, und er sah die Zigeunerinnen und die alten Brillen in der Schublade bei Albert Schindeloe und in Rosenau, seine Mutter, das Kleid von Blut befleckt, auf den Stufen der Kirche.

Auf dem goldgerahmten Bild, an der Wand, war eine junge Mutter dargestellt, die auf einer Wiese liegt und ihr Kind über sich hebt, ein Kranz von schwebenden Engeln drum herum.

Draußen vor dem Fenster – das bemerkte er erst jetzt – war eines der nadelspitzen Türmchen der Marienkirche zu sehen, und er dachte an Münchhausen, dessen Pferd an so einem Türmchen hängt, Münchhausen, wie er auf der Kanonenkugel reitet, Hans Albers also mit seinen leuchtenden Augen, und es ist die Weltkugel, die er zwischen den Knien hält. Jonathan überlegte, ob es nicht ein Sprichwort gibt, das er jetzt zitieren könnte: „Gut und Geld – erhält die Welt", oder so ähnlich, gewiß gab es ein Sprichwort, in dem sich die Volksweisheit des Abendlandes komprimierte, mit dem man böse Gedanken mit einfachen Mitteln würde bannen können.

Inzwischen war Frau Kuschinski wieder hereingekommen, mit der geblümten Kanne, sie goß den Kaffee in verschiedenartige Tassen ein, und der Kuchen war großartig, wahrscheinlich mit Schmalz gebacken, solchen Kuchen hatte Jonathan noch nie gegessen. Zum Kuchen gab es noch ein Gläschen Kirschlikör, auf dem Boden der Flasche hatte sich Zucker auskristallisiert. Die silbernen Löffel hatten Deutschen gehört, daran denke sie noch immer, sagte Frau Kuschinski, gleich nach dem Krieg, gegen ein Stück Brot eingetauscht von verängstigten Leuten, die in einem Trümmerkeller hausten und weggejagt wurden, wenn sie sich sehen ließen.

Frau Kuschinski nahm sich die Wäsche vor, holte die Stücke aus dem Korb, faltete und ordnete sie, und dabei referierte sie die Krankengeschichte ihrer Tochter, Germanistik studiert, siebtes Semester, „Der Komparativ bei Wieland"! und schon als Kind immer so nachdenklich, und dann diese sonderbaren Anwandlungen, aus heiterem Himmel, zwanghafte Gedanken an ein Fahrrad auf der andern Straßenseite, das mal da ist und mal weg, und nie sieht man jemanden, dem es gehört, und an Weltuntergang in jeder Form; und die Ärzte desinteressiert, uninformiert. Daß sie mal ordentlich spazierengehen soll, hätten sie zu ihr gesagt, Sauerstoffmangel, und von der Universität kommt ein Brief nach dem andern, wie lange das noch dauert mit der Krankheit, das geht aber nicht, daß sie hier wochenlang fehlt.

„Was soll bloß werden", sagte die Mutter. „Diese dummen, dummen Gedanken." Das

Fahrrad gegenüber, mal steht's da und mal steht's nicht da. Oder daß einer an der Tür horcht, man höre richtig den Kopf am Holz wischen. Immer und immer habe sie gesagt, sie solle diese Gedanken lassen, mit ihren Grübeleien zerstöre sie das bißchen Glück, das sie sich hier ergattert hätten. Zuerst der Mann unter einen Laster mit Baumstämmen geraten und nun die Tochter krank, als ob man nicht schon genug Kummer hat.

Wer hat die Schuld, in was für Missetaten
sind wir geraten?

Die Frau nötigte Jonathan wieder und wieder, Kaffee zu trinken und zu essen. „Essen Sie", sagte sie, „essen Sie! Essen Sie mehr ..." Und Jonathan hatte die Beine übereinandergeschlagen und hielt die Tasse vornehm in beiden Händen.

Dann hob sie das Medizinfläschchen in die Höhe, o komm herab, du einzige Phiole, in dem sich das offenbar hilfreiche Elixier befunden hatte, und Jonathan nahm es ihr aus der Hand, und er sah, daß das Etikett schon gänzlich abgegriffen war. Um eine Medizin handelte es sich, die helfen würde, den ungeordnet strudelnden Gedankenstrom im Gehirn dieses Menschenkindes zu glätten, vorausgesetzt, daß sie regelmäßig eingenommen und korrekt dosiert werden würde, von dämpfender Wirkung war sie vermutlich und gleichzeitig anregend irgendwie.

Aus seiner Jackentasche holte Jonathan einen spitz angeschärften Bleistiftstummel und schrieb in sein Notizbuch, um welche Medizin es sich handelte, und er versprach, daß er sie gleich besorgen würde, in Hamburg, und er überlegte, ob er diesen Besuch hier irgendwie einbauen könnte in den Artikel. – Der Bleistift stammte noch aus Wien, mit dem hatte er einen Artikel über Wiener Caféhäuser geschrieben, die Straße unter seinem Fenster wurde aufgerissen an diesem Tag, das Eingeweide der Straße mit Rohren und Leitungen jeden Kalibers, und er hatte weitergeschrieben unter dem Gehämmer und Gekrache ... Auch im Gehirn Marias wurde die Straße aufgerissen, eine heiße Sirupsuppe, blasenwerfend, stieg in ihr auf, und sie hielt sich die Ohren zu und schlug mit den Füßen, damit sich die Seele wieder beruhigte.

Die praktische Frau Kuschinski entschied, daß Jonathan lieber doch die Flasche mitnehmen sollte, als daß er sich hier irgendwas falsch aufschreibt, und Jonathan steckte sie ein.

Nun kam ein Junge herein. Es war Marias kleiner Bruder, und der freute sich, daß es hier Kuchen und Schokolade gab.

„Wer hat die Schuld?"

Er wunderte sich nicht im geringsten darüber, daß hier ein fremder Mann sitzt, der „Jonathan" heißt: Vielleicht hielt er ihn für einen Arzt, wie er da die Schrift entzifferte auf dem braunen, geriefelten Fläschchen mit dem weißen Korken drauf.

Dies sei ein Rallye-Journalist, wurde ihm erzählt, der in einem herrlichen Auto durch die Gegend fährt, vielleicht, wenn der Junge ganz ganz nett wäre, dürfe er mal mitfahren? Anstelle von Maria, die ja natürlich nicht kann, weil sie krank ist.

Jonathan bestätigte das, was die Frau gesagt hatte, und er beschrieb, was das für ein wunderbares Auto ist, acht Zylinder, ich-weiß-nicht-wieviel PS, vielleicht könne er ja morgen zum Hotel kommen, dann dürfe er sich ohne weiteres mal hineinsetzen in das Dings. – Der Junge erzählte, daß ihn jemand angerempelt hat, oder weggejagt, und was er zu dem gesagt hat, was sehr riskant war, denn Maria stützte sich auf und unterzog ihn einem strengen Verhör, ob der

Mann eine karierte Mütze getragen habe, mit Schirm?

Jonathan hörte zu, obwohl er nichts verstand, und Maria legte sich wieder hin, unter die Decke, und rang mit ihren dunklen Gedanken, und die Mutter stand dunkel am Fenster. Er spürte, daß der magische Moment beendet war. Er ließ das Menschenkind auf dem Sofa liegen mit dem sich abzeichnenden Becken unter der Decke, und er ließ die Mutter das Fenster verdunkeln, wie sie da die zusammengedrehten Wäschestücke auseinanderschüttelte – er wandte sich dem Kind zu, das, wenn man so etwas von einem Jungen sagen kann, schön war, wie man es selten zu sehen kriegt. Die Formel der Schönheit, die noch keiner entschlüsselt hat. Vielleicht war Maria auch einmal so schön gewesen, zu der Zeit, als sie noch Schlittschuh lief und nicht angewiesen war darauf, daß sich die Menschen nach ihr umdrehten?

Jonathan erklärte dem Jungen, was ein Mäusekino ist, und dann riß er aus seinem Notizbuch eine leere Seite heraus und griff die Schere, die auf dem Tisch lag, und schnitt freihändig ein Auto aus dem Papier aus, das dem Santubara-Wunderwerk in etwa glich, und er fuhr damit auf dem Tisch herum und machte: brumm-

brumm! Daß er gut mit Kindern konnte, war ihm schon verschiedentlich bestätigt worden.

Im Prinzip sei das durchaus wundervoll, sagte Jonathan, daß der Junge mitfahren wolle, aber ob das geht, da muß er natürlich erst fragen, aber mal reinsetzen, er glaube, das lasse sich ohne weiteres machen. Und dann fiel es allen ein, daß ja Schule war und daß es schon deswegen gar nicht ging.

Schließlich beendete Jonathan seine Kinderbeschäftigungstätigkeit. Er sagte: daß er die Medizin besorgt und schickt, das ist abgemacht, wenn er in Hamburg sitzt und seinen Artikel schreibt; es wird allerdings eine Zeit dauern und würde schwierig werden, weil er den Artikel gegen den Strich bürsten muß, was seine ganze Kraft erfordert – Schreiben ist schließlich kein Kinderspiel. Er stand in der Stube, den Kopf an der zu klein geratenen Glasprismenlampe, er gab dem Jungen die Hand und der Frau. Auch Maria hätte er gern die Hand gegeben, aber die hielt die Hände unter der Decke, die war ganz in Gedanken versunken, die von Himmel, von Erde und Hölle handelten: die Schere! das war es, was sie bewegte, mit der Schere war das weiße Papier zerschnitten worden, das mußte doch was bedeuten? Ein Knie hatte sie unter der

Decke vorgeschoben. Jonathan sah das nackte Knie nur eine hundertstel Sekunde lang, und es war wunderschön.

11

Abendbrot aßen die Herrschaften im grünen Salon des Orbis-Hotels. Die Tische waren mit Gittern abgeteilt, an denen Plastikblumen aufrankten: Die Klimaanlage blies Staub über die Teller. – Was das für ein dickes Geschirr ist, was die hier haben, und diese sonderbaren Blechgabeln? Ob das die Journalisten mitmachen?

Es gab ein gutes Bier – Marke Okocim – mit freundlicher Blume, wie Herr Strohtmeyer sagte, sodann eine Roterübensuppe für hundert Zloty, und geräucherten Lachs für fünfhundert Zloty, dessen „Dekoracja" dreißig Zloty kostete. Kaviar war auch hier nicht für fünf Pfennige zu haben, zweitausenddreihundert Zloty hätte man am Ende für die Portion hinblättern müssen.

„Na bitte!" sagte Frau Winkelvoss, das Essen sei doch ganz ordentlich. Obzwar: die Suppe lauwarm und der Lachs angetrocknet – aber das würde man abstellen können, wenn man ordentlich Dampf macht. Der Oberkellner wurde herbeizitiert: Ob sich das machen läßt, daß diese Mißstände abgestellt werden? Und weil der Kellner ein wenig zu devot war, fiel die Diskussion etwas zu herrisch aus.

Frau Winkelvoss trug eine pluderige Bluse mit sechsundzwanzig Ketten um den Hals, und sie litt unter Lampenfieber. Ob „der morgige Tag" hinhaue, bewegte sie, bloß nicht zu spät wegfahren! Und sie war unruhig, weil sie nicht anrufen konnte zu Hause, wie es ihrem Mann und dem Kind geht. Woher er denn wisse, daß das Zigeunerinnen gewesen seien, die seine Brieftasche haben wollten, fragte sie Jonathan, und sie fragte das strafend.

Eine Hiobsbotschaft hatte sie schon empfangen, Herr Schmidt war noch nicht eingetroffen, ein pensionierter Gourmet, der die Schlemmerlokale, die nach der Meinung der Santubara-Direktion die Tourenroute säumten, auf ihre Brauchbarkeit hin untersuchen sollte. Milchlämmer, ob es die da gibt, oder auch mal Hecht. Herr Schmidt hatte im Krieg in Frankreich ein Casino der deutschen Wehrmacht geleitet, keiner der dort stationierten Reserveoffiziere hatte sich je über ihn beschweren können. Zwar hatte auch er keine Walderdbeeren im Winter herbeigezaubert, aber ein Päckchen für die Ehefrauen war noch immer zur Hand gewesen, wenn sich die Herrn zum Heimaturlaub empfahlen.

Und der war nun nicht erschienen!

Da diese Pleite jedoch nicht ihr zuzurechnen war, beruhigte sich Frau Winkelvoss schnell, es war eher das böse Omen, das sie bedrückte. Aber es bedrückte sie nicht sehr. – Sie pries das wiederaufgebaute Danzig und teilte der kleinen Runde flüsternd mit, daß sie schon etwas Gutes habe erwerben können: Ein Ring saß an ihrer ringgeschmückten Hand, der da vorher noch nicht gesessen hatte. – Es sei schon gemein, wie der Westen dieses Land ausplündert.

Gdańsk! Sie fand es gut, daß diese Stadt jetzt polnisch ist, das sei irgendwie ausgleichende Gerechtigkeit. Sie könne sich vorstellen, daß in der Be-Är-De schon wieder Kräfte am Wirken sind, die das rückgängig machen würden, wenn sie könnten. – Merkwürdig, daß Günter Grass als kleiner Junge in dieser Stadt herumgestromert sei, kurze Hosen und Roller?

Auch Hansi Strohtmeyer war wie Jonathan bei der Besichtigung der Altstadt den Zigeunerinnen in die Hände gefallen. In seinem Portemonnaie hatten sich hinterher hundert Mark

Fehlbestand ergeben. Er machte sich Sorgen, wie er das bei der Ausreise den Grenzern erklären sollte. – Das war eine gute Gelegenheit, ihm auszumalen, wie es in polnischen Gefängnissen aussieht, daß es da nicht feierlich ist, und daß er bestimmt mit Besoffenen (die ihm über die Füße kotzen!) eine Zelle teilen muß.

Frau Winkelvoss verbat es sich nochmals, daß von Zigeunerinnen geredet wurde, „Zigeunerinnen" gebe es ihres Wissens in Polen überhaupt nicht. Er solle noch mal richtig nachsehen im Portemonnaie, und warum macht er auch so was, fremden Leuten sein Portemonnaie in die Hand drücken?

Nun öffnete sich die Tür, und ein deutscher Touristenstrom ergoß sich in das Lokal und durch es hindurch in einen separaten Raum: Um die Landsmannschaftsleute handelte es sich, die Jonathan bereits in der Marienkirche gesehen hatte. Man wartete schon auf sie, und kaum hatten sie sich gesetzt, wurde auch schon die Suppe aufgetragen.

„Gott sei Dank, daß wir vorher da waren", sagte Hansi Strohtmeyer, „sonst hätten wir ja ewig warten können!"

Jonathan notierte sich, daß er in seinem

Fünftausend-Mark-Artikel vielleicht auch einen Hinweis unterbringen konnte, daß die Polen sehr empfindlich sind, und daß man schön zurückhaltend auftreten muß als Deutscher, um sie nicht zu reizen. Er hatte sich bereits Winke aufgeschrieben, die den Teilnehmern der Rallye dienlich sein könnten: wann die Marienkirche geöffnet und wann sie geschlossen ist, aber wenn sie wirklich geschlossen ist, dann macht das nichts, für Touristen der Santubara-Werke würde man sicher auch zwischendurch Einlaß erwirken können. Jonathan stellte sich vor, daß die Teilnehmer der Rallye mit der Marienkirche als „Vorspiel" beginnen müßten, damit sie gleich heimatlich angewärmt würden. Daran anschließen müßte sich ein Stadtrundgang, der dann am Arbeiterdenkmal der Leninwerft enden könnte. Er war sich sicher, daß er den Übergang hinkriegen würde für die Herrschaften aus Wuppertal und Bremen, den Übergang von der entseelten Wohlstandsgesellschaft des Westens hin zu der alten Hansestadt, die nun Gdańsk hieß. Entweder die Marienkirche zuerst, oder vielleicht lieber doch gleich in die Problematik dieses Landes eintauchen und vor dem Denkmal der Werftarbeiter in Andacht verharren? Oder beides zum Schluß?

Ein paar Zeilen Daten und Fakten kämen noch hinzu und vielleicht Statistiken: Zusammen mit der Beschreibung der abenteuerlichen Danziger Restaurierungsanstrengungen hatte Jonathan praktisch schon anderthalb Seiten beisammen. Möglicherweise wäre noch ein Rückblick angebracht: Danzig 1939 und 1945, der Jubel zunächst und dann der Katzenjammer: Also plus minus zwei Seiten, und man war erst einen Tag unterwegs.

„Nicht zu viel Geschichte", hatte ihm der Propagandamensch von den Santubara-Werken mit auf den Weg gegeben. „Bitte nicht zu viel Geschichte."

Nein, von Borislaw dem III. würde er nichts schreiben, von dessen Leidenschaft, seinen Widersachern die Augen auszustechen; aber an Konrad von Masowien, der die Deutschen ins Land gerufen hatte, und an der Heim-ins-Reich-Sache würde man wohl nicht vorbeikommen. Und an den tapferen polnischen Beamten, die das Postamt verteidigt hatten und damit die Ehre Polens gerettet. Also doch mit der Marienkirche anfangen. Oder mit ihr enden?

Noch denke ich manche Stunde
Jener Tage am Ostseestrand,

Wenn in den grauen Schluchten
Jeder Baum in Blüte stand.

Die Landsmannschaftsleute, nebenan, hatten ihr Essen beendet, sie hörten sich einen Diavortrag an: Danzig einst, wie wunderschön diese Stadt gewesen sei, wie verlottert nun, aber die Wiederaufbauarbeit muß man anerkennen. Gern hätten die Leute ein Heimatlied angestimmt, wie sie da so gemütlich um die Tafel herumsaßen, von Herrn Pastor sin Kau, das Lied vielleicht, aber sie trauten sich nicht. Das hätte leicht falsch aufgefaßt werden können.

Nachdem sich die kleine Runde alles in allem für umgerechnet drei Mark fünfzig gesättigt hatte, wurde „der morgige Tag" geplant, die Route also festgelegt. Und Jonathan bestimmte, daß nach Danzig die Marienburg besichtigt werden müsse, sonst könne man ja gleich zu Hause bleiben. Danach verzog man sich.

„Sauber ist es jedenfalls hier, das kann man nicht anders sagen."

Frau Winkelvoss hatte am Empfang noch einiges zu verhandeln, ob das denn nötig ist, daß auch Journalisten der Rallye ihre Pässe abgeben und erst am nächsten Tag wiederkriegen, Berlin,

Paris, New York, die sind alle so furchtbar empfindlich, und das müßte doch auch im Interesse der VR Polen liegen, daß die Journalisten schreiben, dieses Land ist ein Schmuckstück?

Hansi Strohtmeyer schwankte in die Bar, wo ihn freundliche Damen erwarteten.

Jonathan setzte sich noch ein wenig in die Halle. Kaum saß er, da kamen zwei sehr östlich aussehende Männer und setzten sich zu ihm, zogen Perlenketten aus der Hosentasche und begannen ein unverständliches Gespräch mit ihm. Jonathan verzichtete auf diese Unterhaltung. Er machte den beiden Typen begreiflich, daß er irgendwie erwartet wird von irgendjemand, und da mußten sie ihn ziehen lassen. Bekreuzigen hätte hier nicht funktioniert.

Er ging auf sein Zimmer, legte sich auf das Bett und blätterte ein wenig in dem Schreibmaschinenbuch. Kuriose Modelle waren darin abgebildet. Möglicherweise hatte man auf diesen Modellen sehr viel Kluges geschrieben, aber natürlich auch viel Schwachsinn. Er bedauerte es, daß er nicht noch zu den Kuschinskis gehen konnte, den Abend im Familienkreis ausklingen lassen – jetzt war es schon zu spät dazu. Seine Netzhaut gab das Bild frei, das er am Nachmittag von den drei Menschen in ihrer kleinen

Wohnung empfangen hatte, die geblümte Tapete, das Bettzeug auf dem Sofa und natürlich auch das Knie. Und es zeigte sich, daß das Bild noch intakt war, es würde sich ins Symbolische verdichten und die Zeiten überdauern.

12

Der Frühstücksraum war ganz in Weiß gehalten. Menschen in Sportkleidung tranken hier Sekt, zwei überlaute Deutsche mit goldenem Siegel am herunterhängenden Strickschlips, Aktentaschen neben dem Stuhl, geheimnisvolle, konspirativ dreinblickende ungarische Typen, die hier nichts zu suchen hatten, zwei russische brotzerkrümelnde Offiziere mit einem Dolmetscher, der einen Anzug mit Schillerkragenhemd trug. Alle schienen auf etwas zu warten. Vielleicht passierte ja gleich etwas Ungewöhnliches? Hätte doch sein können? Eine Militärstreife, die das Lokal räumen läßt? Alle Kapitalisten raustreten! An die Wand stellen, Füße auseinander! So wie in Lódz die SS auf der Suche nach Schwarzhändlern und rassisch minderwertigen Existenzen: auf Lastwagen werden sie abtransportiert – und schon krachen die Salven.

Jonathan setzte sich an den einzigen freien

Tisch – er war noch nicht abgeräumt – und betrachtete die Frühstückstrümmer auf den Tellern. Tassen mit Lippenstiftspuren und ein großer, frischer Kaffeefleck.

Er faltete die Hände unterm Kinn und dachte an seine Freundin Ulla. Schade, daß sie nicht mitgefahren war, mit der hätte er alles bekakeln können. Frau Winkelvoss als klassischer „Jein"-Typ und Hansi Strohtmeyer, der gar nicht so ohne war. Mehr sein als scheinen – wie hatte er den bloß für einen Fahrer halten können?

Eben jetzt öffnete sich die Tür, und die Landsmannschaft trat ein, im Gänsemarsch. Die Damen mit übergroßen Dosen Pulverkaffee unterm Arm, wegen der Auffrischung der allerdings ungenießbaren Frühstückslurche. Es waren im übrigen nette Damen, „Muttis" und auch „Omas", die allesamt brav im Leben standen. Den Herren sah man an, daß auch sie im Leben standen, obwohl der eine oder andere schon an der Grenze war.

Jonathan beobachtete die Serviererinnen, die hier herumtränten, als ob sie die Nacht durchgemacht hätten, bedienen taten sie nicht gern, wenn's unbedingt sein mußte, gaben sie sich einen Ruck. Die letzte Schulung war schon eine Weile her, der Westgast ist König, hatte es geheißen, der bringt uns die Devisen, mit denen wir unsern sozialistischen Staat aufbauen. Also, einen Ruck nach dem andern gaben sie sich. Den Job verlieren, nur weil sie keine frischen Brötchen hingestellt hatten? – Manch vorteilhaftes Kind war dabei, den europäischen Vorstellungen von schönen Polinnen nahekommend, durch unreine Ernährung jedoch gezeichnet. Schlechte Bratwürste verderben den Teint. In Hamburg ohne Chance. – Ob eine darunter war, die man auf die Santubara-Crew angesetzt hatte? Wahrscheinlich leider nicht. Oder möglicherweise alle?

Dann erschien Hansi Strohtmeyer, frisch rasiert, nach Kölnisch Wasser duftend. Ein Tweedjackett mit Lederflecken am Ellbogen und ein offenbar maßgeschneidertes Hemd, dazu allerdings Jeans (vielleicht auch maßgeschneidert, aber doch wohl nicht). Eigentlich war es ja sonderbar, daß er ganz normal gekleidet war, als Rennfahrer mit Saharaerfahrung? Mit Unfallspuren im Gesicht nach Art von Mensurschmissen? Jonathan wunderte sich nicht, als Hansi Strohtmeyer ihm erzählte, daß er einen Range Rover besitzt und einen Mercedes 560 SEC. Dazu noch ein Erdferkel, also einen Golf GTI, mit dem seine Frau die Brötchen holt.

Strohtmeyer besaß also drei Autos und darüberhinaus noch eine Yacht. Offensichtlich war mit Autorennen Geld zu verdienen. Eigentlich ja selbstverständlich, denn sonst würde sich ja kein Mensch solchen Gefahren aussetzen.

Der Tisch wär' ja so verkrautet? sagte er, und: „Ist das unsere Braut?" fragte er, womit er die Bedienung meinte, die für den Tisch zuständig war. „Komm mal her, Mädchen, mach mal'n bißchen frisch hier ..." Und das Mädchen kam auch sofort, auf Jonathans Signale hatte sie nicht reagiert.

Schließlich erschien Frau Winkelvoss, sie hatte gerade mit Deutschland telefoniert, Herr Schmidt stoße erst später zu ihnen, sagte sie, das wär' ja ein ganz schöner Schlag ins Kontor! Man könne sich eben auf niemand verlassen.

Sie rühmte es, daß sie sich hier in diesem Hotel ohne weiteres habe duschen können, und wunderte sich, daß alle Polen so freundlich sind. Zu uns Deutschen! Was wir denen angetan haben! Ein Drittel der Bevölkerung ausgerottet und alle Städte zerstört?

Sie aßen Rührei, das mit Dosenmilch angemacht war, und daß es nur *süße* Brötchen gab, war irritierend. Frau Winkelvoss nahm aus einer Schachtel eine weiße und eine rote Pille und fand das alles wunderbar, Dosenmilch, warum nicht!, besser als gar nichts, sagte sie, wenn man bedenkt, wie wenig zu essen die Polen unter deutscher Besetzung bekommen hätten und geben jetzt das Letzte her? Und dann wollte sie von Jonathan gern wissen, ob das denn unbedingt nötig sei, die Marienburg, sie meine, ob das heute noch jemanden interessiert? Eine Burg? Von Militarismus habe schließlich jeder die Nase voll. Ihr Schwager sei bei der Bundeswehr, also das wär' vielleicht ein Idiot! Sie meine, man solle auch die Errungenschaften des Sozialismus zeigen, dies Land sei doch ein junges aufstrebendes Land. Fabriken vielleicht oder eine Werft? Sie fände, die Menschen sähen alle so optimistisch aus.

„Ich radel erst mal los", sagte Herr Strohtmeyer. Er nahm vor dem Hotel den Wagen in Empfang: frisch gewaschen, mit Westbenzin betankt, geölt. Alles wieder einmal „picobellstens". Er redete noch ein wenig mit Herrn Schütte, der ihm die neuesten Rennergebnisse verklickerte: Formel 1, 2 und 3. – Er würde zur Marienburg vorausfahren, falls was passiert.

Die Santubaras hatten an alles gedacht: Auf dem Rücksitz stand ein Korb mit belegten Broten und einer Flasche Wodka. Da lag auch eine

Wolldecke, und im Handschuhfach fand sich sogar Kleingeld für die Strafmandate, die man als Ausländer in diesem Land zu erwarten hatte.

Jonathan kam als letzter, man wartete schon auf ihn.

„Das wird ja auch bald Zeit", wurde gesagt, aber immer mit der Ruhe. Pro forma wurde ihm der Beifahrersitz angeboten, das hatte was zu tun mit der Einschätzung seiner gesellschaftlichen Stellung, immerhin Literat, seine Story über die provenzalischen Weinkeller hatte man schließlich gelesen. Jonathan verzichtete. Das war auch von ihm erwartet worden, denn man schickte sich sofort drein, hielt ihm die hintere Tür auf – ein zweites Mal würde man ein solches Angebot nicht machen.

Jonathan, der nie einen Führerschein besessen hatte, setzte sich in den Fond, und er war's zufrieden. Hier hatte er ein Fußbänkchen, eine schwenkbare Leselampe und einen Aschenbecher mit Beleuchtung. Er konnte seine Papiere ausbreiten, auch hatte er eine Armlehne, die in diesem hochmodernen Auto für vorn nicht vorgesehen war. Sie war hochklappbar, darunter wäre im Ernstfall eine Bar einzubauen.

Vorne hätte er womöglich mit Strohtmeyer

über Wettfahrten durch die Sahara sprechen müssen, und von hinten wäre der heiße Atem von Frau Winkelvoss auf ihn eingedrungen. Jonathan legte die wunderbar leichte Wolldecke auf seine Knie, und er freute sich über den Komfort. Die Decke würde er einkassieren, das nahm er sich vor. Sie hätte ja auch ein Geschenk sein können. Er war neugierig, wie Strohtmeyer wohl fahren würde, er rechnete mit quietschenden Reifen – aber das Gegenteil geschah: Der Wagen schnurrte dahin. Ach, war das ein angenehmes Fahren! Das Schalten war überhaupt nicht zu merken, ja man spürte eigentlich gar nicht, daß gefahren wurde – es fuhr. Wie viele Erfindungen hatten zusammenkommen müssen, damit dieses Spitzenprodukt des Menschenwitzes hatte hergestellt werden können. Zahnräder, Kugellager, Hebelkraft, hydraulische Übersetzungen. Benzin nicht zu vergessen. Und dann die grandiose Idee, Gummireifen mit Luft zu füllen ... Jonathan stellte sich vor, mit welcher rasenden Geschwindigkeit die Kolben Stunde um Stunde in den Zylindern hin und her stampften, ohne daß sie ermüdeten und ohne daß man irgend etwas hört! Ein leichtes Brummen vielleicht, mehr ein Summen zu nennen. – Er hatte den unsinnigen Gedanken, er müsse zu Werbezwecken seinen Zeigefinger auf die Straße legen, und der Wagen würde über diesen Finger rollen, ohne ihn abzuquetschen, weil er ihn nämlich exakt in die Profilrille des Reifens legt …

Um sich abzulenken, dachte er noch ein wenig an die Bernsteinketten, die er in Danzig gesehen hatte: „Schurke!" Irgend etwas würde er seiner Freundin mitbringen müssen, das war ihm klar. Der Vierfarbdruck des Jüngsten Gerichts reichte da nicht. Vielleicht einen Bildband vom Konzentrationslager Stutthof?

Durch das Rückfenster sah er die Stadt verschwinden, die Marienkirche war noch einmal zu sehen, vor dem wiederaufgebauten Hafenprospekt, eine verrottete Fabrik, Ruinen, auf denen kleine Birken wuchsen. Die Fülle der Eindrücke, die er in sich aufgenommen hatte, reduzierte sich mit jedem Kilometer. Die Zigeunersippe schrumpfte, der Bernsteinhändler verschwamm … Das Lichtbild, das er von den Kuschinskis in sich verwahrte, blieb obenauf – das würde so leicht nicht vergehen.

Die Gegend, durch die sie fuhren, hätte auch am Zwischenahner Meer liegen können, mit Häusern aus Schleswig-Holstein, eine gewisse Behaglichkeit ging von ihr aus. Aber doch auch ein bißchen eintönig war sie. Die Aussicht nach vorn wurde Jonathan leider durch die Kopfstütze von Frau Winkelvoss verwehrt. Er setzte sich leicht schräg hin, dann ging's.

Frau Winkelvoss war's zufrieden, diese Fahrt bedeutete, daß sie vier Urlaubstage zusätzlich zu verbraten hatte. „Und das bei Sonne!" sagte sie. „Bis zum Mondwechsel haben wir die Chance, daß das Wetter stabil bleibt ... Und Sie meinen, die Marienburg lohnt sich?" fragte sie Jonathan (sie drehte sich nach ihm um). „Sind das so Ruinen? Wie am Rhein diese Dinger, die man da immer so liegen sieht?" – Was das für ein Fluß sei, über den sie da eben gefahren seien? wollte sie von Hansi Strohtmeyer wissen. Die Oder? Nein, die Wisła war es.

Jonathan verfügte über eine intakte Schulbildung, das zeigte sich jetzt. Daß die Weichsel der einzige nicht korrigierte Großfluß in Europa sei, fiel ihm ein, daß er also dauernd versandet, weil die Polen das eben nicht können, ihre Wasserstraßen in Ordnung halten. Er wußte natürlich auch, daß die Weichsel eine tragische Rolle gespielt hatte, im Februar 1945, und er nahm sich vor, den Onkel zu fragen, wie er es geschafft hatte, über diesen doch ziemlich breiten Fluß hinüberzukommen. Ein Bild dämmerte in seiner Vorstellung von einem Wagenzug, grau in grau, von weit herkommend, in ausholender Kurve, nur eben ein dunkler Strich: Menschen waren es, die ins Reich zurückfluteten, so wie sie sich vor Jahrhunderten in den Osten ergossen hatten.

Jonathan nahm ein Stück Marzipan in den Mund. Er hatte sein Notizbuch auf den Knien liegen und notierte das Wort: „Zeitbezug!" Daß sie von einem polnischen Offizier auf einem Motorroller – „Marke Blendax", wie Strohtmeyer sagte – überholt wurden, schrieb er sich auch auf. Offenbar war das ein Mann, der sich nicht an die Gesetze hielt, denn er fuhr ziemlich schnell.

Solche Leute fallen irgendwann mal hin mit ihrem Dings ..., dachte Jonathan, und er nahm sich vor, dann kein Mitleid in sich aufkommen zu lassen.

Eine Viertelstunde später wurden sie gestoppt: Sie seien zu schnell gefahren, sagte der Polizist, der wie ein Strauchdieb aus dem Gebüsch trat, das sei hier ein zivilisiertes Land, kein Platz für Straßenrowdys ... und Strohtmeyer brach seinen Kleingeldvorrat an.

Eine tote Kuh im Graben, acht Kilometer hinter einem schiefen Lastwagen herfahren, der, als

Strohtmeyer ihn endlich überholen konnte, sofort nach rechts abbog. Intensiv genutzte Gärten auf beiden Seiten, aber abgebrannte Felder: „Was hier wohl die deutschen Naturschützer sagen würden.“

Motorisierte Rollstühle mit gelbem Segeltuchverdeck, Autos mit Ersatzreifen auf dem Dach, das alles wurde von Jonathan notiert, und er fragte sich, wie er diese Notizen gegen den Strich bürsten sollte und ob er sie wohl je würde verwenden können.

Die beiden vorn hatten ziemlich viel zu tun. Sie mußten das „Gebetbuch“ führen, das die Teilnehmer der Rallye davor bewahren würde, sonstwo zu landen. Strohtmeyer diktierte: „Die 7 in Richtung Warszawa ... Nach drei Kilometern links eine alte Scheune ohne Dachpfannen, dann immer gradeaus. – Zwei Kilometer. Achtung Schlagloch!“ Und Frau Winkelvoss schrieb alles mit. Da Hansi Strohtmeyer über das Dreiradvehikel gelacht hatte, wurde er außerdem von ihr belehrt: Warum nicht? Warum soll man nicht mit einem Dreirad fahren? Was ihn dazu brachte, Frau Winkelvoss daran zu erinnern, daß sie hier unterwegs seien, um Achtzylinder zu verkaufen.

Es wär' schon idiotisch, daß das polnische

Touristik-Ministerium es verboten habe, die Rallye-Route mit kleinen Santubara-Fahnen zu kennzeichnen. Da wär' doch alles viel einfacher. Statt dessen müßten sie jetzt das „Gebetbuch" führen.

„Null Komma acht Kilometer, links eine Reihe Kopfweiden ..."

Jonathan hörte zunächst interessiert zu – Hühner laufen international gleich über die Straße –, von vorn kam der aromatische Geruch fremdländischer Zigaretten, die Hansi Strohtmeyer rauchte. Sein Onkel kam ihm in den Sinn, er sah den schweren Wagen, von zwei Pferden gezogen, über die vereiste Straße knirschen, und oben auf dem Wagen die Bauersfrau, die ihn gesäugt hatte. Mit bloßer Brust sah er sie, triumphierend, als Mutter Erde. – Meine Mutter ist draufgegangen, dachte er, und ihm kam das in diesem Augenblick weniger erwähnenswert vor. Wie viele Mütter hier wohl draufgegangen waren, damals. – Die Ähnlichkeit seines Onkels mit Julius Streicher. Die „Judenfibel" aus dem Frankenland ... Wie war es möglich, daß sich zwei Menschen so ähnlich sahen, von denen der eine ein Verbrecher und der andere herzensgut?

Und natürlich dachte er auch an Maria – „wer

hat die Schuld?" –, und er nahm sich vor, ihr sofort in Hamburg die Medizin zu kaufen. Er überlegte sogar, ob er nicht seine Freundin Ulla anrufen sollte, damit sie schon mal ein Rezept besorgt. – Eigenartig, er konnte sich auf seine eigene Telefonnummer nicht besinnen.

Nach fünfunddreißig Kilometern kamen sie an ein Straßenschild: „Malbork/Nowy Dwor". Also nach rechts abbiegen. Vielleicht eine Pause einlegen?

Hansi Strohtmeyer fuhr den Wagen ins Gebüsch, sie stiegen aus und atmeten tief ein und aus. Jonathan reckte sich: So wahnsinnig bequem, wie es ihm anfangs vorgekommen war, war es in dem Auto hinten nun auch wieder nicht. Sie setzten sich nebeneinander an die Straßenböschung und untersuchten den Freßkorb. Holländische Kekse waren darin, die „rasend gut" schmeckten, wie Frau Winkelvoss es ausdrückte.

Auf einer kleinen Anhöhe stand eine Windmühle mit sechs Flügeln, von denen einer abgebrochen war. Die Tür klappte auf und zu, und auf der nahen Wiese stocherte ein Storch nach Fröschen, die er an einem Bein aus der Feuchtigkeit zog und lebend verspeiste. Gefressenwerden war in diesem Fall gleichbedeutend mit Erstickungstod. Den Schlund hinabgleiten – ob es da Führungsrillen gab? – und in den Magen, wo von allen Seiten Einspritzdüsen in Tätigkeit treten. An diesem Tier hatte nicht der menschliche, sondern der göttliche Gestaltungsdrang sich entfaltet. Und auch hier hatte allerhand Witz zusammenkommen müssen, um eine solche Spezialisierung hervorzubringen. Die roten „Strümpfe" zum Beispiel, wieso eigentlich rot?

Es war im übrigen ein dreckiger Storch, er hatte einen grauen ungepflegten Bauch, ein polnischer Storch also, wie Strohtmeyer scherzte, was sich Frau Winkelvoss verbat. Sie hätte in Deutschland auch schon eine Menge dreckiger Störche gesehen.

Strohtmeyer schlich sich an das Tier heran, vielleicht würde der Vogel sich ja streicheln lassen? Bis auf fünfzig Schritt gelang ihm das ohne weiteres, und er hielt ihm die Hand hin, so als ob er da Froschschenkel drin hätte. Der Vogel guckte aber in eine andere Richtung und strich schließlich ab.

Jonathan starrte in den Straßengraben. Spurensuche: Wenn man hier nachgraben würde, fände man bestimmt noch einen Lederriemen, dachte er, Geschirr von gefallenen Pferden, ausgerutscht auf der vereisten Straße und nicht wieder hochgekommen. Oder menschliche Gebeine? – Skelette, die man hier ausgraben würde, kämen nicht in die Anatomie, die würden sofort wieder eingekuhlt, von denen gab es hier mehr als genug. An denen würde die Wissenschaft keine Erkenntnis gewinnen können. – Vielleicht fänden sich hier irgendwo Filmkisten, in aller Eile vergraben? Auf denen sich der durch den Eissturm dahinschleppende Treck betrachten ließe? Verwundete Soldaten stehen an der Straße und wollen mitgenommen werden. Sie flehen die Bauern an und halten ihnen ihre blutigen Gliedmaßen entgegen, aber die Bauern gucken weg. In der „Frankenfibel" des Herrn Streicher waren Juden zu sehen gewesen, die man bei strahlendem Sonnenschein des Landes verwies.

Ob es der Storch gewesen war? Als sie dann weiterfuhren, begann Frau Winkelvoss die Geschichte ihres Kindes zu erzählen, das ein Adoptivkind war. Zwischen den Notaten ins „Straßen-Gebetbuch" sprach sie davon, wie schwierig es ist, sich ein Kind zu besorgen. Alles in allem zehntausend Mark habe es gekostet – mindestens!

Jonathan verfolgte den Weg auf seiner deutschen Karte. Er las den schönen Dorfnamen „Marienau“ und kurz danach „Brodsack“.

Ob er die Storchenbeobachtung notiert habe? wollte Frau Winkelvoss von Jonathan zwischendurch wissen, sie drehte sich in ihrem bequemen, den Körperrundungen angepaßten Sessel zu ihm um. Schließlich sollte bei seinem Bericht ja auch was Gutes herauskommen. Der Storch, daß man dem hier zu leben gestattete und ihn in aller Seelenruhe nach Fröschen stochern ließ, der wog die kaputte Mühle auf jeden Fall auf. Die Krötentunnel der deutschen Naturschützer hatten damit nichts zu tun.

13

Dann lag die Marienburg unversehens vor ihnen. MALBORK stand auf einem Schild. Der Fluß, von dem jeder Mensch weiß, daß er „Nogat" heißt, und von dem man sich wundern muß, daß er immer noch so heißt, und dahinter, wie auf einer Ansichtspostkarte, von Schrebergärten umgeben, die größte Burg des Deutschen Ritterordens: Die Marienburg – geplündert, ruiniert, wiederaufgebaut, dann ausgebrannt und wieder aufgebaut –, ein wenig gesprenkelt nahm sie sich aus, aber im ganzen war sie intakt und unverwechselbar. Seit siebenhundert Jahren stand sie dort, Edelmut, Stolz, Hoffart. Einst hatte man die Sittenstrenge des Ordens gerühmt, dann die Willkür der Ritter gehaßt, und dann war sie gefallen, der letzte Meister hatte durch ein Pförtchen fliehen müssen.

„Ach, *die* ist das!" sagte Frau Winkelvoss, die im Ostkundeunterricht ihrer Schulzeit davon gehört haben mochte. Ein Diavortrag vielleicht und hinterher Wappen zeichnen? Sie freute sich, daß sie dieses Zeugnis deutscher Vergangenheit zu sehen kriegte. Aber vierzig Kilometer von Danzig entfernt? Das war doch ein riesiger Umweg! Ob das die Journalisten mitmachten? Kultur hin, Kultur her, die Kunden sollten schließlich die Autos ausprobieren ...

Brücktor, Hochschloß, Hochmeisters Palast, ja, Großkomturs Dansker – Jonathan konnte alles einwandfrei identifizieren. Die Madonna fehlte, die überlebensgroße, am Chor der Schloßkirche, die den Ordensrittern schon von weitem zugelächelt hatte – die Russen hatten Zielschießen darauf gemacht. Vielleicht würde man ja im Schutt noch Steinchen finden, aus denen das Gnadenbild zu restaurieren wäre? Fotos gäbe es doch gewiß genug davon?

Jonathan hätte das Bild gern noch auf sich wirken lassen, er hätte sich am liebsten ein wenig gelagert, mit Hut und Stock ... Er ließ anhalten, stieg aus und setzte sich auf eine Bank neben einer Imbißbude: das still dahinfließende Wasser der Nogat. „An der Saale hellem Strande ...", summte er vor sich hin, und er beobachtete Kinder, die in einem Autowrack spielten – die Uhr in der Hand stand Frau Winkelvoss neben ihm, und Hansi Strohtmeyer war gar nicht erst ausgestiegen, der sah seine Autozeitungen durch, dann kämmte er sich die Haare, und als er das getan hatte, langte er sich Jonathans Pocketkamera vom Rücksitz und machte ein Foto von der Imbißbude und dahinter die Marienburg mit dem träumenden Jonathan davor.

Sie fuhren über die Brücke, in die kleine Stadt hinein. Man war schließlich nicht zum Vergnügen hierher gekommen. Es gab einiges Gekurve, bis Hansi Strohtmeyer endlich auf den Touristen-Parkplatz der Burg rollte. Kaum waren sie ausgestiegen, da wurden sie auch schon von Kindern umringt, die Kugelschreiber haben wollten.

„Das ist hier ja wie in Indien", sagte Strohtmeyer.

Jonathan griff in seinen Staubmantel, der im Wagen hing, und holte den Schokoladenriegel heraus, den er im Flugzeug eingesteckt hatte. Er hielt ihn den Kindern hin, und ein Junge griff zu. Eben wollte Jonathan noch sagen: „Aber teilen!", da lief er schon damit fort. Die andern hinterher. Aus. Beinahe wäre Jonathan hinterhergelaufen, von wegen der Gerechtigkeit, er tat es nicht, weil er fürchtete, sich lächerlich zu machen.

„Hat kein' Zweck", sagte Hansi Strohtmeyer, der das beobachtet hatte. „Die kommen hier zu nichts ..."

Auch die Techniker waren bereits eingetroffen, sie warteten schon. Sie bemächtigten sich des Wagens, Motorhaube auf, Kofferraum auf, auch mal druntergucken und aus Kanistern mit gutem Westbenzin auftanken. Strohtmeyer machte sie auf ein leichtes Klopfen aufmerksam, und der fünfte Gang sei entschieden zu laut. Dann sahen sie einen Nagelstrich im Lack von vorn nach hinten, da war also einer dran entlanggegangen an diesem Wunderwerk der Technik und hatte einen rostigen Nagel dagegengesetzt. Ein Mensch war das gewesen, der sich dafür gerächt hatte, daß es in Polen solche Autos nicht zu kaufen gibt. Oder eins der Kinder, denen Jonathan den Schokoladenriegel mitgebracht hatte.

Bei der Rallye also Lack mitnehmen und Schmirgelpapier. Eine Schramme würde man den Journalisten nicht zumuten können.

Inzwischen kam die Landsmannschaft in einem hochmodernen Bus angeschlichen, die Leute, die Jonathan schon in Danzig beobachtet hatte. Durchschnittsalter siebenundsechzigeinhalb, und drei Enkelkinder, die ihrem Großvater versprechen mußten, nie zu vergessen, daß dies einmal alles deutsch gewesen ist, und wahrscheinlich eine Bahre für die neunzigjährige Greisin.

Etwas seitab, drei Schüler mit ihrem Lehrer aus Bremen, vermutlich eine Abordnung des sozialistischen Schülerausschusses der Gesamtschule „Rosa Luxemburg", die verstummten, als sie die alten Herrschaften sahen. Das wollten sie doch mal sehen, was sich hier so abspielt an faschistischem Revanchismus, und sie guckten scheel auf das, was sich hier entwickelte. Sie würden Abstand halten müssen von den Gruftis, daß man sie nicht in einen Topf würfe mit ewig Gestrigem. Und dann zu Hause vors Plenum sich hinstellen, und denen mal die Augen öffnen, was sich hier zusammenbraut ... Im übrigen hatten sie noch nie in ihrem Leben etwas gehört vom Deutschen Orden, auch was „Hanse" war, wußten sie nicht.

So ohne weiteres durfte man nicht hinein in das Mahnmal deutscher Eroberungslust, ein Polizist hielt sie zurück, man mußte eine Führung buchen, und es dauerte eine Zeit, bis eine Frau erschien, die des Deutschen mächtig war. Sie löste den Absperrstrick, zählte ihre Mannschaft und trug das in eine statistische Liste ein. Die Liste würde sie heute abend abgeben, und die Zahlen würden dann mit anderen Zahlen vereinigt Ende des Monats auf dem Tisch des Touristik-Generals landen, ob die Besucherzahl steigt oder ins Bodenlose absackt. – Auch Frau Winkelvoss führte eine Liste, wie lange das hier dauert, dieser Aufenthalt. Sie guckte Hansi Strohtmeyer an, was er zu diesem Quatsch hier sagt? – Aber Hansi Strohtmeyer nahm es gelassen, ihn interessierte es, was dies hier für eine Burg ist. Die Pyramiden hatte er gesehen und das Tadsch Mahal, das Empire-State-Building hatte er bestiegen, nun also auch mal eine Burg. So was Ähnliches wie diese Burg hatte er schon mal gesehen, in Frankreich und im Sudan, mitten in der Wüste.

Die Führung war weniger ärgerlich als erwartet. Der Überfall der deutschen Wehrmacht auf Polen kam nicht zur Sprache. Die Dame, wohl eine pensionierte Lehrerin, blieb bei der Sache. Sie wies auf ursprüngliches Mauerwerk hin und auf neugotische Ergänzungen, und sie zeigte die Übergänge zwischen alt und neu und meinte: „Diese Ziegel könnten mehr als ich erzählen ..."

Sie wußte sogar, daß die Menschen damals in

der Burg sechshundertvierzig Millionen Ziegelsteine verbaut hatten. Nach dem Krieg habe man mindestens noch einmal soviel gebraucht, um die zerschossenen Mauern zu restaurieren. – Hier trat ein Herr von der Landsmannschaft vor und zeigte den Damen den Unterschied zwischen alten und neuen Ziegeln, und er wußte, daß die alten Ziegel in Malmö nachgemacht würden. Diese hier wären offenbar Eigenbau. Wenn die man hielten! Er schrieb auf einen Zettel „Malmö-Klosterformatziegel" und gab ihn der Frau, vielleicht wäre die Dame ja so freundlich und gebe das weiter an die Zentrale? – Die drei Schüler aus Bremen sahen sich bedeutsam an.

Die Führerin kam durch diese Einlage etwas aus dem Tritt mit ihrem Vortrag. Doch alsbald faßte sie sich wieder. Frauen hätten damals keinen Zutritt gehabt, „heute ausnahmsweise können wir reinkommen". Das sprach an, man lachte behaglich, und selbst Anita Winkelvoss, die sich schon gelangweilt abgewendet hatte, begann sich zu erwärmen.

Jetzt wurde die Pechnase erklärt, daß von dort oben heißes Wasser hinuntergegossen worden wäre, wenn Feinde sich näherten, daß sie aber jetzt keine Angst haben sollten, das Fallgatter sei ja auch schon aufgezogen, ein Zeichen, daß die Gäste hochwillkommen seien. Der launige Ton gefiel den landsmannschaftlichen Busleuten, die hier schon mal als Kinder gewesen sein mochten, mit der Schule oder mit der Hitlerjugend. – Auch Jonathan war angetan von dieser Frau, die würde man bei der Rallye brauchen können, und denselben Ton würde er in seinem Artikel anschlagen müssen. Im Prinzip anekdotisch, jedoch gegen den Strich gebürstet. Aber nicht zu doll! Man würde ja damit rechnen müssen, daß unter den Testfahrern auch CDU-Mitglieder sich befänden, möglicherweise sogar Bayern, und die ärgerten sich dann über ihn und schrieben vielleicht was Schlechtes über die Santubara-Autos!

Die Bremer Jünglinge notierten sich das Wort „Pechnase". Das war ein typisches Beispiel für deutsche Grausamkeit, das ließe sich gut verwenden vor dem Plenum. Ob sie nicht noch mehr Pechnasen zeigen könnte, fragten sie die Frau, und warum denn um Gottes willen die Eisenstangen des Fallgatters unten angespitzt sind? Ob da Polen drunter gelegt worden wären und zu Tode gefoltert? Sie freuten sich schon auf die unterirdischen Verliese, und sie guckten schon immer, ob die unterirdischen Verliese nicht bald kämen, mit Ketten an den verrußten Wänden und fauligem Stroh in der Ecke.

Jonathan hatte etwas übrig für passive Verteidigung: Tore, Mauern und allein schon die Zugbrücke – ihm imponierte die Konsequenz des Verteidigungsgedankens, hier war an alles gedacht. Woher die Burg ihr Wasser gekriegt hatte, wenn sie belagert wurde, hätte er gern wissen wollen, und wieviel Mann hier verpflegt werden mußten? „Uneinnehmbar", dieses Wort kam ihm, „diese Festung war gewiß uneinnehmbar". Er selbst neigte nicht zum Einigeln, er sah sich eher als eine Gazelle in freier Wildbahn – wenn sich Gefahr nähert, dann reißt man eben aus!

Die Frau konnte alle Fragen beantworten. Sie wußte sogar, daß jeder Burginsasse pro Tag vier Kilo Fleisch gegessen hatte.

Die Prutzen, der Deutsche Ritterorden, Großfürst Jagiello von Litauen, Schlacht bei Tannenberg, erste und zweite Teilung Polens: Die Frau gab auch historische Lektionen von sich, wie das bei jeder Führung geschieht, in jedem Land der Erde: Es hätte in Polen nach dem Krieg, als die Burg in Trümmern lag, drei Parteien gegeben, das sagte sie auch: Alles einebnen oder als Steinbruch benutzen, oder wiederaufbauen. Da die dritte Partei gesiegt hatte, hatte sie hier ihren Job.

Von den Preußen wurde gesagt, daß sie die Burg, als sie sie dann im 18. Jahrhundert wieder übernahmen, sofort stückweise abgerissen hätten – was die Bremer Oberschüler nicht gebrauchen konnten für ihr Thesenpapier. Das roch ja nach Abrüstung! Erst als sie erfuhren, daß die Preußen dann später aus dem Hochschloß eine Kaserne gemacht hätten, lebten sie auf. Daß der große Rempter im Mittelschloß als Exerzierhaus benutzt worden war, freute sie sichtlich. Fenster vermauert? Fliesen ausgebrochen? Gewölbe eingeschlagen? Das war ja ausgezeichnet! Typisch deutsch!

Die Landsmannschaft war nicht so begeistert von diesen Tatsachen, und das von einer Polin vorgetragen zu bekommen, gefiel den Leuten absolut nicht. Aber die Herren konnten darauf verweisen, daß die Preußen dann ja alles wieder rückgängig gemacht hätten. Gilly, dem war es zu danken gewesen, der hatte die Ruinen abgezeichnet und die Skizzen dem Preußenkönig gezeigt, und der hatte diese Barbarei gestoppt und die Burg dann kostbar restauriert …

Frau Winkelvoss stellte Jonathan die Frage, ob ihn das interessiert? Was er dazu sagt? Und ob er daran denkt, daß er darüber einen Artikel schreiben soll?

Nun begann es zu regnen, die Herrschaften öffneten die bereitgehaltenen Knirpse oder hielten ganz einfach Zeitungen über sich, und die Führerin regte an, schon jetzt hineinzugehen in die Gebäude und die Besichtigung der Höfe am Schluß vorzunehmen. So standen sie denn kurz darauf im Kapitelsaal, „in dem ahle Sitzungen stattgefunden chaben ...", wie die Frau in ihrem gelernten Deutsch es ausdrückte.

Als Jonathan die schlanken Säulen und die zarten Wölbungen sah, dachte er an seine nordischen Göttinnen – warum nicht einen Artikel nachschieben über die Burgen des Nordens? Und er holte sein Notizbuch heraus und notierte sich: „Götter des Nordens!" Aber das ging irgendwie nicht – Burgen waren auch irgendwie weiblich.

Nun referierte die Frau Dinge des täglichen Lebens, die jeden Menschen interessierten: Sie hob einen Messingdeckel auf und zeigte auf die Öffnung, aus dem im Winter warme Luft in den Raum geströmt sei. Sie zeigte auch die Löcher in der Wand, durch die man habe belauschen können, was in der Kirche gesprochen wurde.

Auch die Schatzkammer wurde gezeigt, aber natürlich leer, in der zur Blütezeit des Ordens fünf Komma acht Tonnen Gold gehortet worden waren, doppelte Türen, Fenster vergittert. „Es ist zu bemerken, daß die Buchhaltung sehr genau geführt wurde ..." Die Bücher seien nicht verbrannt, sie befänden sich in Göttingen. Die Landsmannschaft atmete befriedigt auf, wogegen die Oberschüler sich die Frage erlaubten, wann denn die Akten zurückgegeben würden.

Die Führerin reagierte nicht auf die Fragen der jungen Leute. Ihr waren die alten Herrschaften irgendwie sympathischer. Vielleicht lag das daran, daß die Schüler immer miteinander tuschelten und stets in die entgegengesetzte Richtung guckten. Das haben Fremdenführer nicht so gern.

In der Schatzkammer erregte ein altes Flachrelief Jonathans Aufmerksamkeit: der zwölfjährige Jesus im Tempel, und die Heilige Familie, die ihn sucht. Verlorengehen und gesucht werden. Wer gesucht wird, ist nicht verloren, dachte er, und er stellte sich vor, man hätte ihn damals, im Februar 1945, zurückgelassen: „Der stirbt ja doch ...", und er wäre dann von fremden Leuten aufgezogen worden, vielleicht Polen, und müsse jetzt vielleicht hier als Restaurator sein Geld verdienen und würde sich ärgern über Deutsche, die sich abfällig über Polen äußerten ... Aber möglicherweise hätte das Schicksal ja auch anders mit ihm gespielt, und er hätte in einer Imbißbude Würstchen verkaufen müssen: Dann wären ihm die Deutschen hochwillkommen gewesen.

Im Sommerrempter, den sie jetzt betraten, hatte ein polnischer Künstler Kohlezeichnungen ausgestellt. KZ-Darstellungen im Stile von Käthe Kollwitz: abgemagerte Gestalten, die sich am Elektrozaun der Feuerzone festkrallen, kantige SS-Männer mit Schäferhunden, die lachend ihre Runde drehen. Die Landsmannschaft schlich vorüber an diesen Zeugnissen deutscher Geschichte, wogegen der Lehrer aus Bremen auflebte. Der trat an die Bilder heran und erklärte seinen Schülern, was ein elektrischer Zaun ist, und daß man Besitzer von Schäferhunden auf dreißig Meter identifizieren kann. Einer der Schüler nahm den Fotoapparat vors Auge und fotografierte die Bilder. Ob es nicht vielleicht einen Katalog davon gebe, wollte er wissen. Und ob der Künstler eventuell anwesend sei? Mit dem täten sie gern mal diskutieren.

Die Herrschaften von der Landsmannschaft

suchten schnell weiterzukommen, weil einer der Ihren in Dachau gesessen hatte, der hatte das noch immer nicht überwunden. Damit hatte man ja nun nicht gerechnet, daß man hier mit so etwas konfrontiert wurde, hoffentlich flippte der nicht aus!

Wie lange diese Ausstellung hier noch aufgebaut ist, fragte Frau Winkelvoss, und sie rechnete aus, ob die Journalisten sich das dann auch angucken müßten. Vielleicht hatte das ja eine ungünstige Wirkung auf den Autoverkauf.

Inzwischen war die kleine Gruppe weitergeschlurft. Alles wurde erklärt, sogar die Länge des Ganges zum Klo, sechzig Meter, ein geflügelter Teufel zeigte die Richtung an, geflügelt deshalb, weil man sich ja schließlich beeilen muß in einem solchen Fall ... Es wurde auch die Latrine gezeigt, Großkomturs Dansker, ein turmartiges Gebäude. In den Dielen ein Loch, durch das unliebsame Leute hinuntergestürzt worden seien, die dann in der Nogat ertranken. Unliebsame Leute hätte man freundlich eingeladen und mit vier Kilo Fleisch bewirtet pro Person und dann hinuntergestürzt. Wenn man viel getrunken hat, soll man eben nicht baden, sei dann gesagt worden.

„Abber ich schlagge vor, Sie sollen daran

nicht glauben, das ist nur eine Sage ohne Bestätigung ..."

Durch eine Luke sah Jonathan in die Kirche hinunter, sie lag noch in Trümmern – hier hatten sich deutsche Soldaten verteidigt, 1945, und ihre Munition gelagert, und alles war in die Luft geflogen.

Die landsmannschaftlichen Herrschaften, die sich gelegentlich bedeutsame Blicke zuwarfen oder unterdrückt lachten, weil ihnen gewisse Einzelheiten doch ein bißchen sehr weit hergeholt erschienen, wußten, daß die Burg nach dem Wiederaufbau noch einmal abgebrannt war, 1959. Das rieben sie der Frau unter die Nase. Das polnische Fernsehen habe die Leistung der Restauratoren im Film festhalten wollen, und dabei habe es einen Kurzschluß gegeben und alles sei abgebrannt, das stimme doch, nicht wahr? Und zwar noch gründlicher als zu Ende des Krieges. Mit den Künsten der polnischen Elektriker sei es wohl nicht weit her? (Das war als Frozzelei gedacht.) Die Polin konnte nicht umhin, das zu bestätigen, aber sie revanchierte sich mit dem kleinen Käfig im Hof, in dem die deutschen Ritter den litauischen Feldherrn Withold hätten einsperren wollen, 1410. Die Deutschen hätten geglaubt, daß Litauen die

Schlacht verliert und daß sie dann sehr viel Geld kriegen würden für die Freilassung ihres Herzogs, und dann war es andersrum gekommen! – Dies gefiel den Bremer Rosa-Luxemburg-Leuten sehr, sie freuten sich ganz kolossal, daß sich die Deutschen da mal ordentlich in den Finger geschnitten hatten! Im übrigen traten sie an die Führerin heran und entschuldigten sich für die Frechheit der alten revanchistischen Säcke, die hier das polnische Handwerk herabsetzten. Nicht alle Deutschen dächten so! Es gebe auch ein anderes Deutschland, das möge sie bitte zur Kenntnis nehmen, das fortschrittlich gesonnen sei und an der Seite der friedliebenden Staaten stehe.

Auch der Speisesaal und die Küche wurden besichtigt, in der ganze Ochsen am Spieß gebraten worden waren, in Lehm eingehüllt, damit das Fett nicht verlorengeht. Danach hatte man dann Appetit auf ein Täßchen Kaffee. Frau Winkelvoss, die die ganze Führung mit einem rosa Schreibbrett in der Hand mitgemacht hatte, auf dem sie einen Zettel mit Plus- und Minuszeichen versah, gab der Führerin einen Zehnmarkschein und wies sie auf die Rallye hin, bei der es dann sicher noch so manchen Zehnmarkschein geben würde. Sie schrieb sich den Namen der Frau auf, damit sie und nur sie in den Genuß dieser dann zu erwartenden Führung kommen würde.

Die Damen von der Landsmannschaft übergaben der Frau einen Briefumschlag mit Geldscheinen. Ob sie das vielleicht freundlicherweise weiterleiten könne an die Verwaltung der Burg? Sie hätten sich so gefreut über das Wiedersehen mit dieser Stätte der Kindheit …

Das Burgcafé war für die Landsmannschaft reserviert, was von den Bremern aufmerksam registriert wurde, die sich mit Coca-Cola-Dosen auf die Mauer setzten, wo sie dann allerdings hart bedrängt wurden von den polnischen Kindern, die auch gern Coca-Cola trinken wollten. Ob ihnen denn nicht klar sei, daß Coca-Cola ein Symbol für amerikanischen Imperialismus ist? sagten die Bremer Schüler und machten verächtliche Gebärden.

Im Café „Zamkowa“ gab es noch ein Plätzchen, und die drei Santubaras bekamen Kaffee naturalna vorgesetzt, eine Mischung von aufgegossenem Kaffeesatz und gerösteter Gerste. Frau Winkelvoss war enttäuscht: Sie hatte einen solchen Janker auf Kaffee! Aber das würde man schließlich auch noch verkraften können, da gab es andere Probleme auf der Welt. Schließlich habe es im Krieg hier unter den Deutschen bestimmt auch keinen Kaffee gegeben.

Hansi Strohtmeyer sagte, die Klos unten im Keller wären in tadellosem Zustand, das müsse man anerkennen.

14

Sie fuhren durch das mißhandelte Städtchen Marienburg und wurden prompt gestoppt von einer Polizeistreife. Die Polizisten wollten wissen, ob das Auto überhaupt zugelassen ist, und ob sie nicht gemerkt hätten, daß sie zu schnell gefahren sind?

Sie strichen um den Wagen herum, ob sie nicht noch irgend etwas finden, was strafbar ist. Sie guckten durch das Fenster, wer da noch sitzt, und Jonathan, der gerade arglos seine deutschsprachigen Landkarten studierte – „Christburg", „Preußisch Holland", was für wunderschöne Namen! –, mußte seinen Paß vorzeigen. Zitternd holte er ihn aus seiner Jacke heraus.

Hansi Strohtmeyer war gezwungen, den Bargeldvorrat der Santubara-Werke zu dezimieren – er tat es ziemlich gleichmütig. Das Wort „Quittung" verstanden die Polizisten nicht. Aber daß er gesagt hatte: macht, daß ihr weiterkommt!

das verstanden sie, und darüber gab's dann auch noch radebrechende Verhandlungen.

Nachdem das überstanden war, fuhren sie um die Ecke und hielten vor einer Schlachterei. Hansi wollte Krakauer Wurst besorgen, „Krakowska kiellbasa", die hier sicher nur Pfennige kostete. Aber es gab keine Krakauer in diesem Geschäft, über dessen Tür auf deutsch noch deutlich zu lesen stand: „Feine Wurstwaren", nicht für Geld und gute Worte gab es hier Krakauer Wurst – die Hausfrauen, die hier nach Kutteln anstanden, guckten befremdet, so als habe Hansi etwas Unanständiges verlangt –, ein paar Kutteln und abgesägte sauber gewaschene Schweinsfüße hätte er kaufen können (die Hufe mit einer Nagelbürste gereinigt). Draußen kam das Polizeiauto geschlichen, was denn nun schon wieder los ist? Halten hier vor einer Schlachterei? Ob sie hier vielleicht ewig parken wollen? Sie müßten sich schließlich ein bißchen an die Gesetze des Landes halten.

Hansi Strohtmeyer notierte sich deutlich sichtbar die Autonummer der Polizisten und sagte: „Touristbüro", und da gab es dann Ruhe.

Wenn er bedenke, sagte er, wie freundlich er sein Lebtag zu Polen gewesen sei, wenn er die in

Deutschland getroffen habe – immer den Weg gezeigt usw. Die könnten ihn jetzt mal am Hobel blasen! Wenn ihn jemals wieder ein Pole nach dem Weg frage, in Hamburg, wo's hier zur Reeperbahn geht, den dann in den Botanischen Garten schicken.

Sie fuhren also weiter, und zwar in Richtung Dzierzgoń, also Christburg: „Achtung bergab, dann Abzweig links!", und während die Fahrt durch eine herrliche Eichenallee ging, gab Frau Winkelvoss den zweiten Teil ihres Adoptionsberichts zum besten, die Vorgeschichte, wie es überhaupt dazu gekommen sei, daß sie sich dazu entschlossen hatten, ein fremdes Kind anzunehmen: Die Art ihres Vortrags unterschied sich von dem, was sie sonst so von sich gab. In dramaturgisch strukturierter Rede zählte sie die verschiedenartigsten Bemühungen auf, den eigenen Leib in Ordnung zu bringen, Meditation, Diät und gymnastische Übungen. Es war nichts zu machen gewesen!

„Dann hast du also jahrelang die Pille gespart", sagte Hansi Strohtmeyer roh.

Das Niederdrückende einer gynäkologischen Untersuchung wurde rhetorisch glanzvoll hervorgehoben. Daß man als Frau einem Frauenarzt hilflos ausgeliefert ist und daß die Wissenschaft sich noch immer keine anderen Untersuchungsmethoden ausgedacht hat, sei eigentlich ein Skandal. Frau Winkelvoss schickte sich an, in dem zwar äußerst komfortablen, aber doch etwas engen Auto vorzumachen, wie man sitzen muß auf dem Stuhl aller Stühle.

Jonathan kannte das, er war mal bei einem Enddarmspezialisten gewesen, und dessen Behandlung hatte ihm wohlgetan.

Das Auto schnurrte sanft über die Schlaglochstraße, und Jonathan wunderte sich über die Porzellanisolatoren an den Telegrafenmasten: Auf alten Heimatfotos war so etwas zu sehen. – Die sind bestimmt noch aus deutscher Zeit, dachte er. Die Alleebäume auch! Man müßte mal einen dieser Bäume fällen und die Jahresringe zählen. Hundert Jahre alt? Wurden Chausseebäume hundert Jahre alt? – Durch die Telefonleitungen waren vor dem Krieg die Urlaubsberichte von der Kurischen Nehrung gezirpt, daß das Wetter fabelhaft ist, und Elke hat zum erstenmal gebadet. Thomas Mann vor seinem Haus in Nidden, mit weißen Schuhen … Dann waren militärische Nachrichten durch die Drähte gejagt worden, zuerst triumphierende, dann niederdrückende. Zaghafte Anfragen aus dem Ruhrgebiet: Völlig abgebrannt, und ob es nicht möglich wäre, in Gumbinnen noch einen Schuppen aufzutreiben, in dem man unterkriechen kann? Gumbinnen – das wär' doch ziemlich sicher? Und dann zum Schluß die allerletzten Meldungen, wie über die Kurzwelle im Radio, kaum noch zu verstehen: Um Gottes willen, der Russe kommt …

Ein Streckenwärterhaus, zur Hälfte abgebrannt, Buchen, Linden drum herum, noch aus der Kaiserzeit, ein verwildertes Gärtchen mit kaputtem Zaun, Dahlien, Chrysanthemen. Das war so ein Haus, wo sich Blutrache abgespielt hatte, 1945, einmal hin, einmal her, die Schreie der Opfer hafteten noch in den Wipfeln.

Jonathan dachte, daß er in so einem Haus schon leben möchte, in aller Abgeschiedenheit mit Hund und ohne Frau? Aber lieber nicht, nachts steigen sie dann ein, das Messer in der Faust, und woher soll man in dieser gottverlassenen Gegend morgens seine Brötchen kriegen?

Es war ein bequemes Fahren. Leider rauchten die beiden da vorne, Hansi Strohtmeyer ägyptische Zigaretten und Frau Winkelvoss streichholzdünne Zigarillos mit goldenem Mundstück: Die Schwaden zogen Zug um Zug nach hinten, sie waren durch die sinnreiche Innenlüftung nicht zu vertreiben, die sich, wie alle Autoinnenlüftungen auf der ganzen Welt, als eine Fehlkonstruktion erwies. Der Luftstrom, der aus den Düsen schwallte, blies Jonathans dünne Haare nach vorn. Er öffnete schließlich das Fenster, und er ließ es offen, obwohl es Anita am Nacken zog.

Nachdem Frau Winkelvoss ihre zweite Berichtsration abgeschlossen hatte – die Idee, ein Kind anzunehmen, zu retten also, und die Erfahrung, daß es für ein solches Vorhaben eine Warteliste gebe – wurde sie unruhig. Sie müsse mal, sagte sie, und Hansi Strohtmeyer war so ungalant zu fragen, ob groß oder klein?

Sie müsse mal für kleine Waschbären, den Kaffee abgießen, genauer gesagt, das könne sie nun auch nicht ändern.

Es war schon ein sonderbarer Anblick, diese Frau in ihrer pludrigen Bluse, mit Tüchern in allen Farben umwunden und mit sechsundzwanzig Ketten behangen (um die Taille einen messingbeschlagenen Gürtel), in schwarzen Pluderhosen und mit hochhackigen Schuhen in den Wald stiefeln zu sehen. Affen, wenn's die gegeben hätte in diesem Wald, wären ihr gefolgt von Ast zu Ast.

Die Männer stiegen ebenfalls aus und reckten sich. Dann schlenderten sie in die entgegengesetzte Richtung über eine schmale asphaltierte Straße, die von einem schief in den Angeln hängenden verrosteten Tor versperrt war. Auf polnisch stand da drauf, daß hier der Durchgang verboten sei. Also kletterten sie über dieses Tor und machten sich auf Entdeckungen. – Die Straße war lange nicht befahren worden, durch den Asphalt waren allerhand Pflanzen gestoßen und hatten sie aufgebrochen.

„So was gibt's ja gar nicht", sagte Hansi Strohtmeyer, „hier könnten sie ja jede Menge Filme drehen!" Von dem Russen da, dieser Film, wie heißt er noch, an den erinnere ihn das hier.

Schließlich fanden sie eine halbverfallene Fabrik, von der Art, wie man sie auch in Deutschland zu sehen kriegt, wenn man mit der Bahn fährt und aufmerksam aus dem Fenster guckt. Von den Hallen standen nur noch die Außenmauern, und der Schornstein war abgebrochen. Es war äußerst still, das Rauschen der Bäume, blauer Himmel und hoch oben in der Luft zwei kreisende Raubvögel.

Jonathan erinnerte sich an die „Dokumentation der Vertreibung", die er sich in Hamburg gekauft hatte, an einen Bericht über eine verlassene Fabrik, die als „Internierungslager“ für Deutsche gedient habe, ein Lager, in dem die Menschen verhungert waren, totgeschlagen oder an Typhus zugrunde gegangen. Grauenhafte Einzelheiten, amtlich festgehalten für den St. Nimmerleinstag. Ob es diese Fabrik gewesen war?

Hansi Strohtmeyer warf ein paar allerletzte Fensterscheiben ein. Daß er Angler wär', erzählte er, und was er alles schon gefangen hat.

Und Jonathan fragte sich, warum er die Fische nicht in Ruhe läßt, zum Essen kann man ja auch eine Konservenbüchse öffnen.

Sie kehrten um: Was das für dicke Bäume sind, also hundert Jahre alt, das ist doch das mindeste! Und daß die Polen von Forstwirtschaft bestimmt keine Ahnung haben. Hatten die nicht die letzten Wildpferde abgeknallt? Und die Wisente? Was könnte man hier mit marktwirtschaftlichen Methoden alles herausholen! Hirsche züchten und von westdeutschen Kapitalisten abknallen lassen gegen Money.

An einer Lichtung stießen sie auf einen Friedhof, von Efeu überwachsen. Hier lagen polnische Zwangsarbeiter begraben, wie sich herausstellte, und gleich daneben zwei sowjetische

Gräber, kleine Pyramiden mit rotem Stern oben drauf.

„Wo sie wohl die Deutschen eingekuhlt haben!“

Frau Winkelvoss hatte es unterdessen nicht leicht gehabt. Als sie von ihren Geschäften zurückgekehrt war, hatte sie zwei Männer bei dem Wagen stehen sehen, die sich da zu schaffen machten nach Art der Paviane in Autozoos. Der eine saß in dem sauber gewaschenen Wagen und drehte das Steuerrad, der andere hatte sich Hansi Strohtmeyers Prinz-Heinrich-Mütze aufgesetzt und kramte im Picknickkorb. Anita hatte sich nicht mehr verbergen können. Man hatte sie schon gesehen: Weglaufen wär' nicht gegangen.

Sie mußte sich also anmachen lassen von den beiden Kerlen, und der eine, der gerade einen Schluck aus der Wodkapulle genommen hatte, korkte das Dings zu und begann die Ketten zu zählen, die sie um den Hals trug.

Die männliche Annäherung war schon ziemlich weit gediehen, als Jonathan und Hansi Strohtmeyer aus dem Wald traten. Sie erschienen keine Sekunde zu früh!

Jonathan dachte augenblicklich an Flucht.

Sollte er sich hier totschlagen lassen? Seine Aufgabe war es, einen Artikel zu schreiben über die Kulturgüter der Volksrepublik Polen. Von einer Mordaffäre, die jetzt auf ihn zukam, war keine Rede gewesen! Er sah schon die Meldung in der Zeitung stehen: Deutscher Journalist und berühmter Autorennfahrer erschlagen aufgefunden, die Frau mehrmals vergewaltigt. – Doch Mord und Totschlag ereigneten sich hier jetzt nicht. Der Mann am Steuer startete durch, und der andere sprang hinten rein, und die drei sahen ihrem schönen Achtzylinder nach.

„Datt helpt ja nu nix", sagte Hansi Strohtmeyer, als der Staub sich gelegt hatte, „nu müssen wir uns auf die Socken machen."

Und dann stiefelten sie los, als Tippelbrüder. Das war'n Ding! Auto weg, das gesamte Gepäck, die Pässe! Geld!

Jonathan hatte wenigstens seine Brieftasche bei sich und die große Karte von Polen mit den deutschen Bezeichnungen und seine Pocketkamera. Aber alle Notizen waren futsch! Wie sollte er denn ohne Notizen den Artikel schreiben! Vom Gegen-den-Strich-Bürsten ganz zu schweigen.

Strohtmeyer hingegen hatte seine Mütze eingebüßt, die schon in Afrika mit dabeigewesen war, und das Tweedjackett, das nach nichts aussah, aber in London gekauft und ziemlich teuer. Anita Winkelvoss mit ihren Kleidermassen – sie jammerte nicht, im Gegenteil. Wie schön, sagte sie, nun könne sie in Frankfurt endlich mal wieder einen gewaltigen Einkauf tätigen.

Die ersten zwei Kilometer gingen damit hin, daß sie einander aufzählten, was alles verlorengegangen war. Wie im Krieg nach den Fliegerangriffen! Jonathan fiel es ein, daß nun auch die Adresse der Kuschinskis futsch war. Was mußten die von ihm denken, wenn er nie wieder etwas von sich hören ließ! – Dann knickte Frau Winkelvoss mit dem Fuß um, der Absatz ihres linken Schuhs war abgebrochen, worauf sie die „Latschen", wie sie sagte, auszog und in den Wald schmiß und barfuß weiterlief mit ihren kleinen festen Füßen, durch die schöne Natur, mit Raubvögeln, die immer noch über ihnen kreisten, und am liebsten hätte sie Juch-hu! geschrien. „Toll, was wir alles erleben!"

War sie denn ein Naturkind? Sie ruderte mit den Armen, um frische Luft zu kriegen, und schwärmte von Kletterrosen und vom Reiten: was Lebendiges zwischen den Beinen haben, sie hätten nämlich für Cariossa ein Pony gekauft, darauf könne sie dann eines Tages die Eltern begleiten, und es stellte sich heraus, daß ihr Mann deutscher Meister im Achtspännigfahren war. Schließlich war sie so übermütig, daß sie Hansi Strohtmeyer schubste, und der tat ihr den Gefallen, torkelte über die Chaussee, die zwar wundervoll war, über die aber leider jetzt kein einziges Auto brauste, kein Pole, kein Tourist, kein blankgewaschener westdeutscher Omnibus und auch kein motorisiertes Dreirad mit orangerotem Verdeck.

Auf den nächsten Kilometern wurde die Wanderung zu einem Ostereiersuchen. Sie mußten ihre Habseligkeiten aufsammeln, die die Polen aus dem Autofenster geworfen hatten. Das erste, was sie fanden, war Anitas rosarotes Schreibbrett, dann hing Hansis Tweedjacke im Gebüsch, aus London, sechshundert Pfund wert, und zwar mit Paß in der Innentasche, was Strohtmeyer zu fragen veranlaßte, ob das vielleicht Weißpolen gewesen seien? Also Leute, die noch mitmenschlicher Regungen fähig sind?

Als sie schließlich an einem See vorüberkamen, mit Bänken zum Ausruhen und einem kleinen Parkplatz, sahen sie, daß die Polen sich als Europäer benommen hatten und die Koffer zwar geplündert, aber immerhin hier abgestellt hatten – auch Jonathans Tasche war dabei. Seine Notizzettel flatterten wie Schneegestöber über die Straße. Das Geld war natürlich weg, das war ja klar, und Anita vermißte ihr kleines Armband aus Rio, und das stimmte sie für einen Augenblick traurig. Das hatte sie doch noch so billig erstanden, damals, als sie Cariossa holten, aber Schwamm drüber, Hauptsache man ist gesund. Während sie ihre Sachen einsammelten und sortierten, näherte sich aus der Ferne der westdeutsche Landsmannschaftsbus. Die drei rannten auf die Straße und winkten: Anhalten! SOS! Aber der Busfahrer tat nicht dergleichen, der fuhr sanft an ihnen vorüber, und die Menschen guckten von oben herab, was das für komische Typen sind, die hier auf der Straße herumlaufen und winken.

Hansi Strohtmeyer nahm es auf sich, allein weiterzugehen, einen fahrbaren Untersatz besorgen. Wenn er auch ein Rennfahrer war, so würde das doch seine Zeit dauern. Die beiden sollten sich man hier hinsetzen und auf ihn warten, sagte er. Eine gewaltige, im Blitz geborstene alte Eiche mochte als Zeichen dienen, daß er sie wiederfindet.

Strohtmeyer verschwand also, und die beiden

packten ihre Koffer und Taschen und setzten sich auf eine Bank und sahen über den See, der einstmals ein deutscher See gewesen war, mit deutschen Fischen drin, in dessen Eis im Winter ein Pfahl getrieben worden war, für die Kinder, zum Karussell-Schlittschuhlaufen, und das Eis so klar, daß man die Fische darunter stehen sehen konnte.

Anita ekelte sich noch immer vor den beiden Polen, so wär' das nicht, daß sie das einfach abschütteln kann, sagte sie, und sie erzählte genauestens, wie der Kerl sie befingert habe und daß sie alle Sachen erst mal reinigen läßt in Deutschland, das sei doch wohl klar. Sie hockte sich ans Wasser und spülte die Hände ab und sagte: Äch! daß es sie ekelt, und Jonathan dachte an die Frauen von 1945, wie es denen ergangen war, als die Russen kamen, und er dachte: „Siehste!"

Gott, das schöne Auto! Mit dem transportierten die Polen womöglich Gänse!

Er glaube das nicht, sagte Jonathan, daß die Polen in dem Auto Gänse transportierten. Wenn hier irgendwo ein grauer Achtzylinder auftauchte, dann hätten sie die Diebe doch gleich beim Wickel. Nein, keine Gänse. Das Auto werde gewiß verschoben, vielleicht nach Warschau?

Auch eine Art von Wiedergutmachung, diese Klauerei ...

„Wenn man die Natur hier so sieht", sagte Frau Winkelvoss schließlich, „ein See neben dem andern, und kein Mensch weit und breit!" Was das für ein Kapital sei, wie gut man hier surfen oder segeln könne oder auch bloß schwimmen ... „Hier ein Hotel hinbauen, mit Café – das wär' doch eine Goldgrube!" So einen See gäb es ja nirgends mehr! Sie hätte die größte Lust, sich die Sachen vom Leibe zu reißen und sich in die Fluten zu stürzen.

Jonathan fragte sie, ob sie pfeifen könne, auf zwei Fingern, nein, das konnte Frau Winkelvoss nicht, nur eben ein bißchen flöten, und auch nur dann, wenn niemand sie zum Lachen bringt. – Auch Jonathan konnte nicht pfeifen. Er klatschte in die Hände, und es gab ein Echo, aber das Klatschen ließ man jetzt wohl besser, sonst kämen hier vielleicht noch andere Kerle, denen man dann absolut ausgeliefert ist.

War es der kühle Luftzug vom See, war es seine weltmännische Attitüde? Frau Winkelvoss suchte Halt, sie rückte Jonathan ein wenig auf den Pelz. Jonathan jedoch fühlte sich nicht animiert. Wollte sie ihm denn an die Wäsche? Es war eher so, daß er sich mit seiner gepunkteten Fliege und dem italienischen Sakko in der freien Natur etwas deplaziert vorkam.

In der Nähe stand ein Schuppen, der war dunkel, da roch es nach Karbolineum. Diesen Schuppen untersuchte die übermütige Frau Winkelvoss, zwei Boote standen darin. Sie rief Jonathan herbei, er solle sich den Schuppen mal ansehen, hier sind Boote, und er soll mal mit anfassen!

Mit Mühe zerrten sie eines heraus und schoben es in das Wasser. „Das werden wir jetzt versenken", sagte Frau Winkelvoss, und es zeigte sich, daß das gar nicht so einfach ist.

Als das endlich vollbracht war, redete Anita einigermaßen wirres Zeug: Ob er denn ein rechter Sauertopf sei? Eine Frau habe es schwer, einen Mann dazu zu kriegen ...

Jonathan tat so, als verstünde er nicht, und er verstand es vielleicht wirklich nicht.

Anita referierte sodann, was ihr Mann für eine Flasche sei, und er habe überall Freundinnen! das sei noch das Schönste! Warum sie als Frau sich nicht auch mal einen Mann angelte? das verstünde sie nicht. – Jonathan fühlte sich nicht als Mann in diesem Augenblick, eher als Schulbub mit Ranzen auf dem Rücken, der Tafellappen hängt heraus. Er reagierte nicht auf das Werben dieser reifen Frau, und schließlich gab Anita auf. Sie zog sich aus und ging, die Arme abgespreizt, hinein in den dunklen kalten Waldsee, Schritt für Schritt. Mit den Händen strich sie über die Oberfläche, und schließlich stieß sie sich ab und schwamm hinaus oder hinein, oder wie sagt man da.

15

Nach drei Stunden kam Hansi Strohtmeyer mit einem geliehenen Auto angefahren. Er hatte auf der Polizeidienststelle viel telefoniert. Der Achtzylinder war natürlich futsch, aber auf das Auto der Techniker könnten sie in Sensburg rechnen, und alles Verlorene werde natürlich ersetzt. Die Santubara-Werke, die sich sogar ein kleines Symphonieorchester hielten, würden sich in sozialer Hinsicht nicht lumpen lassen. Herrlich, die lange Schramme an der Seite des Wagens, die würde den Wert mindern.

Sobald sie Hansi Strohtmeyer sah, war Frau Winkelvoss ein bißchen fertig mit den Nerven. Sie hatte sich ihr nasses Haar zu Zöpfchen gebunden: äch! Jetzt auf dem schnellsten Weg ins Hotel! Das war ihr einziger Wunsch, und sie feuerte Hansi Strohtmeyer an, so rasch durch die Chausseebaum-Alleen zu fahren wie möglich, die kannte man ja nun allmählich, im Grunde ja immer dasselbe. Hier sollte mal der

ADAC herkommen, der würde die Bäume schon noch umlegen!

Sie kamen auch durch die verschiedensten Dörfer und Städtchen, die sich Jonathan eigentlich hätte ansehen sollen. Auf der Karte und im Reiseführer verfolgte er die Fahrt, und er hoffte, daß er auf die schnelle die Kultur mitbekäme, die hier noch übrig war und für die Rallye vorzuschlagen wäre.

Sie rasten durch Dörfer hindurch, in jedem Dorf ein vergitterter Kiosk – „Frygti" – und Wäsche auf den Zäunen, Ziegen, Schafe, Häuser mit Blechdach. Eine Kuh stand am Straßenrand und hob den Kopf: „Denk dran, daß wir 'ne Ölwanne haben", sagte Frau Winkelvoss, als sie über Kopfsteinpflaster donnerten. Da sie jetzt ein polnisches Kennzeichen hatten, wurden sie nicht mehr angehalten.

Getreidehocken auf den Feldern, ein Pferd, das geprügelt wurde, weil es den Wagen nicht ziehen konnte, ein gefesseltes Kalb in einem Holzkäfig auf gummibereiftem Treckeranhänger, riesige Doldenblumen und eine Nonne mit Schubkarre. Angefangene und aufgegebene Neobauten – das zog so vorüber. Allenstein – ach Gott, ja. Olsztyn. „Aufschreiben für allezeit". Diese Stadt hatten die Deutschen Hals über

Kopf aufgegeben, 1945, abends noch ins Kino gegangen, und am nächsten Morgen war der Russe da. Die ganze Stadt war der ruhmreichen Sowjetarmee unzerstört in die Hände gefallen, und dann hatten sie sie angesteckt, auch die Warenhäuser, obwohl sie das Zeug doch gut hätten brauchen können.

Allerhand Fabriken, Schutthalden, Menschentrauben an jedem Autobus – in Allenstein hielten sie denn nun doch an.

Das erste, was sie sahen, war ein Betrunkener, der quer über dem Gehstein lag – die Leute gingen um ihn herum. So was gäb's in Kanada auch, sagte Hansi, besoffene Indianer, die hätte er in Calgary mal gesehen, in Reihen, dicht an dicht. Aber ein Mädchen mit einer Kuh auf einem Trümmergrundstück mitten in der Stadt, das war ihm neu.

Während Hansi Strohtmeyer telefonieren ging, ob morgen auch ganz gewiß das Auto der Techniker zur Verfügung steht – und wenn man diese Leute braucht, sind sie nicht da –, bummelte Jonathan kreuz und quer durch die Stadt und machte sich Notizen. Das Schloß mit dem Kopernikus-Museum (montags geschlossen), ein Stadttor und die Jakobskirche: seinen nordischen Göttinnen ebenbürtig. – Auf dem Markt hatten Bauern und Händler ihre Waren auf dem Pflaster ausgebreitet: Kohlköpfe, Mohrrüben, selbstgemachte Bonbons, Kleidung aus dem Westen, verrostete Wasserhähne, getragene Schuhe. Wie auf einem Flohmarkt in Hamburg.

Jonathan wollte schon zurück zum Auto gehen, da bemerkte er einen alten Mann mit beschiffter Hose, wie ein Reitbesatz, der ein paar Bücher vor sich liegen hatte, russische Klassiker, ein Gesangbuch, Zeitungen und: ein Fotoalbum. Jonathan nahm es in die Hand und blätterte darin. Offensichtlich war hier das Leben einer deutschen Familie dokumentiert, 1922 begann es mit dem Bild eines Brautpaares, und die letzten Fotos waren von 1944, ein Bild des gefallenen Vaters. Auch das Jahr 1936 war vertreten, Olympiade in Berlin, zwei dicke Frauen mit winzigen Handtaschen am Brandenburger Tor: Jedes Hakenkreuz war sorgfältig ausgestrichen.

Frau Winkelvoss war im Wagen geblieben, die Fenster hochgedreht. Jugendliche lungerten an dem Auto herum. Es käm' ihr so vor, als sollte sie hier versauern, geschlagene fünfundvierzig Minuten warte sie nun schon! sagte sie zu Jonathan, der sie fragte, wie es ihr ergangen sei.

Hansi kam auch bald, der sagte: „Allens klor!" Er machte sich Gedanken über die vielen Hunde, die es in dieser Stadt gab, alles Mischköter. Wenn man die mal wieder auseinanderpulen sollte, all die Rassen, da hätte man aber 'ne Menge zu tun. – Er hatte ein Lokal ausfindig gemacht, da könnte man vielleicht etwas essen?

Sie zählten das Geld, das Jonathan gerettet hatte, und dann nahmen die Männer Anita in die Mitte und setzten sich in das Café, das noch aus den dreißiger Jahren stammte, und versuchten der Kellnerin klarzumachen, daß sie Hunger hätten. „Happa-happa-machen!" wie Hansi es ausdrückte, „eaten, kuscheiten ... manger ...!" Offenbar gab es in diesem Lokal, in dem früher einmal ein Stück Butterkremtorte fünfunddreißig Pfennig gekostet hatte, nur Bier. – Aber dann kam der Wirt und offerierte ihnen Fischsalat.

Während sie auf den Salat warteten, den der Wirt im Nachbargeschäft kaufen ging, sah Jonathan in seinen Reiseführer. Daß die Allensteiner 1920 mit 97,7 Prozent für Deutschland gestimmt hatten und nur 2,3 Prozent für Polen. Ob's jetzt noch zwei Prozent Deutsche in Allenstein gäb'?

Das Lokal sah jedenfalls noch verdammt deutsch aus. Lastenausgleich – wieviel Entschädigung der ehemalige Besitzer wohl bekommen hatte.

Jonathan holte seine Pocketkamera aus der Tasche und machte ein paar Aufnahmen von der Wand, die mit Wandtäfelung decoartig verziert war. Das hätte er lieber lassen sollen, denn nach kurzer Zeit erhoben sich Männer im Hintergrund und „nahmen eine drohende Haltung ein“. Wie er dazu käme, hier Fotos von ihnen zu machen usw.

Jonathan versuchte ihnen zu erklären, wie wunderbar doch die Gliederung der Wand sei, diese sensible Täfelung, er habe ja gar nicht sie fotografiert, sondern nur diese wunderbaren Strukturen ... Und er versuchte es so zu machen, wie Hansi Strohtmeyer es mit den Männern im Wald versucht hatte, die Differenzen zu versachlichen, aber das verfing nicht. Er wurde am Revers gepackt und gegen den Tisch geschoben, und der Mann, der ihn gepackt hielt, holte aus und schlug ihm auf die Schulter. Eigentlich hätte er wohl sein Kinn treffen wollen, aber so einfach ist das nicht, ein Kinn zu treffen, Boxer im Ring schaffen das ja auch nicht immer. Es gab ein ziemliches Gerangel, aber Hansi Strohtmeyer schob sich dazwischen und, das war erst jetzt zu sehen, er hatte ziemlich kräftige Arme ...

Als der Wirt den Fischsalat brachte, ließen die Rohlinge ab, und Jonathan und die Seinen ergriffen die Flucht.

Das seien wahrscheinlich Arbeitsscheue gewesen, sagte Strohtmeyer, die hier ihre Zeit absäßen, anstatt auf dem Bau Steine zu schleppen, und nun hätten die womöglich gedacht, sie würden hier fotografiert und dann vielleicht angezeigt …

Sie fuhren mit dem „Klappergestell" so zügig dahin, wie's irgend ging, so, als würden sie verfolgt. Frau Winkelvoss teilte ihre letzten Hustenbonbons aus, gegen den Hunger.

„Wie gut, daß wir den Fischsalat nicht gegessen haben", sagte Hansi Strohtmeyer. In Recife habe er mal Fischsalat gegessen und hinterher drei Wochen im Krankenhaus gelegen.

Es war schon ziemlich spät, in der Dunkelheit begegneten ihnen unbeleuchtete Pferdefuhrwerke, und es war die Frage, ob sie in Sensburg überhaupt noch etwas zu essen bekämen. Vor dem Hotel stand das Auto der Techniker, Hansi Strohtmeyer rollte daneben, er zog die Bremse an. Geschafft!

Die Mechaniker kamen gelaufen, es war so, als wollten sie Frau Winkelvoss irgendwie stützen! Sie hatten natürlich ein schlechtes Gewissen. Statt in Sichtweite hinter Hansi Strohtmeyer herzufahren, hatten sie in Sensburg Skat gespielt. Es gab eine lebhafte Unterhaltung, sie hatten den Werkstattwagen schon leergeräumt, ihn nochmals kräftig gewaschen, und da war kaum ein Unterschied zu dem abhanden gekommenen, nur daß Jonathan hinten keine Leselampe hatte. – Er könne ja seine Taschenlampe nehmen, riet Herr Schütte und drückte ihm eine Stablampe in die Hand, in deren Lichtstrahl sicher schon Autos repariert worden waren. Den beiden Mechanikern war klar, daß sie den Rückweg in der Klapperkiste würden absolvieren müssen. Sie machten sich sofort daran, das Dings zu untersuchen.

Der Touristik-General hatte auch schon angerufen, der war von der Zentrale alarmiert worden. Daß ihm das leid tut, und wenn man die Diebe faßt, dann werden sie natürlich hart bestraft.

In der Halle schunkelte die deutsche Landsmannschafts-Reisegesellschaft: „Kornblumenblau ..." Leute, die, wie Strohtmeyer bemerkte, sonst gewöhnlich Istanbul buchten, drei Tage für achtundneunzig Mark.

Gott schütze uns vor Regen und Wind
und Deutschen, die im Ausland sind …

Diese Leute hatten keine Ahnung von Erlebnissen, die man in Polen haben kann, die waren in ihrem vollklimatisierten Bus hierher gefahren, mit Trockenklo und Liegesitzen, und sie würden mit diesem Bus auch wieder nach Hause fahren. Und jetzt schunkelten sie zu ihren Rebengesängen und führten dem polnischen Personal die spezifisch deutsche Lustigkeit vor.

Deutsche Zeitungen waren in dem Orbis-Hotel nicht erhältlich, aber eine Flasche Wodka. Das versprach ein lustiger Abend zu werden!

Spät fanden die drei wieder zusammen. Es gab noch was zu essen, die Speisekarte war ernst zu nehmen. Sie aßen zunächst eine Brotsuppe mit Wurst drin, dann Entenbrust. Der Wein sei ihr als trockener zu süß, sagte Frau Winkelvoss, und Hansi Strohtmeyer meinte, auf der Brotsuppe müßten noch Croutons schwimmen, so hätte das seine Schwiegermutter immer gemacht. Zur Entenbrust gab es fette Bratkartoffeln, die mit Thymian gewürzt waren, was Beifall hervorrief. Den Salat konnte man vergessen, der stand schon seit Stunden auf der Anrichte. Ein Autobahnrasthaus-Salat war das.

Frau Winkelvoss hatte einen Brief vorgefunden, Herr Schmidt werde in Danzig zu ihnen stoßen, der Gourmet, der in Frankreich deutschen Offizieren Champignons besorgt hatte. Sie könnten sich ja schon mal erkundigen, ob's in Sensburg Milchlämmer zu essen gäbe. Am besten die Speisekarte einkassieren und mitbringen. – Sie beschrieb die Angst, die sie im Wald gehabt hatte, von den beiden dreckigen Typen vergewaltigt zu werden, bereits neutraler – die Geschichte würde in ihren Fundus eingehen –, in Frankfurt werde sie endlich den Selbstverteidigungskursus belegen, das hatte sie schon lange vorgehabt. Den Mann-Schweinen in den Sack treten, das würde sie schon noch hinkriegen …

Hansi Strohtmeyer, der schon etliche Schnäpse getrunken hatte, wagte eine unflätige Bemerkung. Vergewaltigen? Sie sei doch unfruchtbar? He? Warum sie sich eigentlich so aufregt? Im übrigen offenbarte er den andern beiden, daß er eine Omnibusmacke habe, dreihundertfünfzig PS, das müsse man sich mal vorstellen! So ein Gefährt – zwölf Meter lang –, durch enge Straßen zu bugsieren, das wär' vielleicht ein Gefühl! man schwebe ganz elegant und sanft über das Pflaster. Den Motor hört man nicht, weil er hinten sitzt, und das Schalten merkt man auch nicht. Und die Servolenkung hat eine unglaublich hohe Übersetzungskraft. Er machte vor, wie man als Fahrer sitzt, erhöht, und unter sich das Fenster. Der Fahrersitz sei künstlich verhärtbar und natürlich luftgefedert. Riesengroße Außenspiegel, elektrisch zu verstellen.

Nach dem Essen. Das Hotel lag an einem See, und die Nacht war mild. In der Dunkelheit war zu sehen, daß das Hotel eigentlich doppelt so groß hätte werden sollen. Der linke Flügel stand als Investitionsruine „ziemlich finster in der Gegend rum“, wie Hansi sagte.

„Denen fehlte wohl die Pennunse.“

Sie setzten sich an einen Tisch, und schon bald brachte der Kellner ein Piwo nach dem anderen, und der selbstgekaufte Wodka stand unter dem Tisch.

Von drinnen war einerseits eine polnische Volkstanzgruppe zu hören, die offenbar für ein Folklore-Festival übte, andererseits machten sich die deutschen Touristiker mit aggressiver werdenden Gesängen bemerkbar, deren Text die Polen Gott sei Dank nicht verstanden.

Hansi fuhr fort, von seiner Omnibusmacke zu sprechen, und Anita Winkelvoss berichtete von einer Freundin, keine Ahnung von Autos, die habe eine gebrauchte Ente gekauft, zwölfeinhalb PS, und sei damit in Italien und Spanien gewesen und habe überhaupt nicht gemerkt, daß die Ente einen vierten Gang hat.

Hansi konnte vormachen, was für ein Geräusch ein Trabi macht, wenn er sich überschlägt, und er knackste dazu mit den Fingern. – Von seiner Afrika-Rallye sprach er auch, quer durch die Sahara und zurück und in Südamerika im Fluß steckengeblieben. Dann erörterte Anita Winkelvoss es ausgiebig, wie wahnsinnig bescheuert es von Jonathan gewesen sei, Hansi für einen „Fahrer" zu halten. Ob er eigentlich wisse, wie berühmt der Strohtmeyer in Fachkreisen sei?

Den Schluß der romantischen Nacht, bei der auch der Mond mitspielte, kurz vorm Totalbesäufnis, bildete ein langer Witz von einem Wirt, der den Gast suchte, der ihm in den Ventilator geschissen hat.

16

Am nächsten Morgen stiegen sie in das Technikerauto um: Nun sollten sie bloß ein bißchen vorsichtiger sein und besser aufpassen! ließ ihnen Herr Schütte von den Santubara-Werken ausrichten, sie könnten schließlich nicht dauernd neue Autos stellen!

Im übrigen lagen im Fond ein paar nette Aufmerksamkeiten, eine Schreibmappe aus grauem Leder für Jonathan, und für jeden ein Beutel mit Seife, Creme, Zahnpasta usw. Außerdem bekam jeder zweihundert Mark, was Anita Winkelvoss auf ihrem rosa Schreibbrett vermerkte.

Leider fehlte eine neue Wolldecke, Jonathan hatte sich schon darauf gefreut, sie einzukassieren.

In der Stadt gab es dann noch kurzen Aufenthalt. Sie wurden wieder einmal angehalten, ein grauer Santubara-Achtzylinder werde vermißt, sagten die beiden Polizisten, alles aussteigen! – Ob sie beweisen können, daß ihnen der Wagen gehört?

Das konnte bewiesen werden. Aber zu schnell gefahren waren sie auch wieder mal, und das wurde in Rechnung gestellt.

Die Polizisten waren ziemlich klebrig. Hansi mußte den Kofferraum öffnen, die Koffer ebenfalls, und das dauerte ziemlich lange, und alles war sehr verdächtig. Als einer der Polizisten gar an Jonathans Jacke herumfummelte, fragte Hansi: „Darfst du das?" Und das war dann das Ende der Aktion.

Jonathan sah aus dem Fenster. Ein Trecker fuhr vorüber mit einem Hund unter der Hinterradachse. In den Dörfern Bauersfrauen, die sich nach dem Auto umdrehten, winkende Kinder, eine Silberweidenallee mit kleinem Bach.

Hansi Strohtmeyer fuhr möglichst in der Mitte der Straße. Wenn ein Reh komme, habe er noch eine Viertelsekunde länger Zeit zu reagieren, sagte er. Einmal hielt er an, machte sich draußen zu schaffen, kam nach ein paar Minuten wieder rein.

„Was war denn?"

„Wir hatten einen Platten."

Jonathan freute sich, daß die Reise nun bereits „kippte". Sie würden heute einen großen Bogen fahren und am Abend in Danzig landen. Er ordnete die Zettel, die er von der Straße aufgeklaubt hatte. Er vermehrte sie um ein paar Notizen, die er aus dem Reiseführer nahm, denn Anhalten, wenn eine Kirche sich zeigte, war nicht drin.

„Wie in Norddeutschland."

„Laß das man keinen Polen hören."

Herrlich war es, daß es auch in diesem Wagen kein Radio gab.

Die beiden vorne führten unverdrossen und penibel das „Gebetbuch":

Achtung: Schlaglochbrücke!

und zwischendurch setzte Frau Winkelvoss ihren Adoptionsbericht fort: Dauernd sei die Frau vom Fürsorgeamt dagewesen, Einkommen, Gesundheit, politisches Führungszeugnis, Ahnen bis zum Urgroßvater. Das habe alles übersetzt werden müssen und dann rübergeschickt, zwei Aktenordner. Ach ja: Nachweis, daß man selbst keine Kinder mehr kriegen kann ...

Unterdessen kamen sie durch ein sehr schönes, offenbar sehr altes Dorf. Besondere Fachwerkhäuser waren zu sehen, „Vorlaubenhäuser" und eine rote Backsteinkirche mit hohem Turm.

Jonathan rief denn nun doch: „Halt!" Die beiden schraken zusammen: Was das nun wieder soll, und sie hielten an vor einem dieser alten Häuser, das offenbar unter so was Ähnlichem wie Denkmalschutz stand. Jonathan fotografierte es von hinten und vorn, er fotografierte auch den Zaun, der aus alten Bettgestellen bestand. Es wär' doch wundervoll, dachte er, wenn hier demnächst zufällig eine Dorfhochzeit stattfindet, und man könnte die Leute dazu bringen, die Journalisten der Rallye daran teilnehmen zu lassen, gegen Geld natürlich ...

Hansi Strohtmeyer ging in den Dorf-Krämerladen, um nach Krakauer Wurst zu fragen, und Frau Winkelvoss wechselte im Auto die Hose, sie war doch etwas zu warm für diesen Tag. Ein alter Mann erschien am Zaun und gab Jonathan recht, ja, das sei ein wirklich sehr schönes Haus, und innen noch ganz in Ordnung, ob er es mal ansehen will?

Das Bettgestelltor wurde geöffnet, und Jonathan wurde hereingebeten. In der Tat, ein schönes Haus, Fachwerk mit geschnitzten Säulen davor, und auch die Scheune war sehenswert, vielleicht zweihundert Jahre alt. Russeneinbruch 1914, Zweiter Weltkrieg. Russen, Polen, Deutsche – diese Scheune hatte alles überlebt.

Eine junge Frau kam, man ging in die Küche,

und Jonathan kriegte einen Schemel angeboten und ein Glas Milch vorgesetzt und einen Pferdeeimer voll arg verschrumpelter, aber sehr schmackhafter Äpfel mit anständigen Wurmlöchern, soeben gepflückt. „Deutsche Winteräpfel sind das", dachte Jonathan, und er überlegte, ob er vom Baum nicht ein paar Reiser schneiden sollte und mitnehmen, zur Auffrischung der westdeutschen Supermarkt-Apfelsorten: *alle* grün oder *alle* rot oder *alle* gelb. Die Reiser dem Landwirtschaftsminister übergeben, der dann für die Verbreitung sorgt, und alle Menschen kapieren es auf einmal, wie wunderbar ein Apfel schmecken kann!

Besonders sauber war die Milch nicht, die Jonathan vorgesetzt bekam, sie schmeckte gut, aber im Glas stand Bodensatz, und den ließ Jonathan beim Austrinken zurück.

Da saß er nun. Hätte er dem Alten sagen sollen, daß die Deutschen selbst schuld sind, daß sie vertrieben wurden? Alle Hochschullehrer ins KZ gesteckt, die Schulen dicht gemacht, lesen brauchten die Polen nicht zu lernen, Zwangsarbeit, Hunger ... Und dann die Sache mit den Juden! Hätte er mit ihm über die Oder-Neiße-Linie rechten sollen, daß Stettin gar nicht dazugehört?

Der Alte redete einen Strom meist unverständlicher Worte leise singend vor sich hin. Die Nackenhaare standen ihm über den Jackenkragen, ein paar Zähne hatte er noch im Mund. Er erzählte, daß er in seiner Jugend in der polnischen Armee gedient habe, dann desertiert und dann in der deutschen. Dann Partisan und wieder in der polnischen Armee, dann umgesiedelt und hierhergekommen. Das alles verstand Jonathan, weil der Alte zwischen die polnischen Wörter ab und zu deutsche mischte, und er stellte fest, daß der Mann was gegen die Juden hatte. Rieb er sich nicht gar die Hände, als er davon sprach, daß die Juden „weg" sind?

Es stellten sich auch Kinder ein, richtige Kinder, so ähnlich wie die Äpfel in dem Eimer, barfuß oder mit Gummistiefel, mit bunter Schürze und eins mit Brille, deren linker Bügel fehlte. – Auch ein Hund kam herbei, ein richtiger Dorfhund, mit sehr viel Spitzanteilen, er legte sich ohne Umstände unter Jonathans Schemel, das war für ihn hier wohl der sicherste Platz. Die Kinder standen in der Tür und starrten Jonathan an, der sich ein bißchen vorkam wie auf dem Fritz-von-Uhde-Bild: „Unser täglich Brot gib uns heute."

Inzwischen hatte sich Frau Winkelvoss ihre schwarzen Muselmanenhosen angezogen und kam mit goldbesetzten Schuhen über den Hof gestockert, das rosa Schreibbrett in die Hüfte gestützt. Ob er das Bettgestell am Zaun gesehen hätte? fragte sie Jonathan: „Einfach irre!" Einen Apfel nahm sie gerne von den Menschen, die Frau Winkelvoss für Jonathans Frau hielten. Einen Apfel ja, aber keine Milch, sagte Frau Winkelvoss, die den Bodensatz in Jonathans Glas gesehen hatte, sie kriegt von Kuhmilch Allergien, kleine Pickel, oh, oh, oh! Ausschlag! Nein, lieber keine Milch.

Nun kamen Nachbarn herbei, die das funkelnde Auto hatten stehen sehen, die dachten, hier kämen deutsche Verwandte oder wie oder was, die man vielleicht anzapfen kann. Einer rief die Deutschen herbei: Er wolle ihnen mal was zeigen, und er führte sie durch den Rhabarbergarten über einen niedergetretenen Zaun in die große Scheune, auf Findlingen gegründet. Die Polen wußten sofort, worum es ging: Ein Schrank wurde beiseite geschoben, und da trat ein Hohlraum zutage, in dem ganz offensichtlich enorme Vorräte gelagert hatten: Schmalz in Milchkannen, Mehl, ein Sack Zucker: von den Deutschen kurz vorm Einmarsch der Russen eingerichtet. Der Raum sei erst im vorigen Jahr entdeckt worden ...

Jonathan hätte gern gewußt, ob vielleicht Geldstücke sich darin befunden hätten oder eine alte Bibel, und wo waren die Menschen geblieben? Ob sich da mal einer gemeldet hätte? Diese Fragen verstand niemand. Das Wort „Miliz" fiel, aber Bibel? Nein. Eine „Biblia" befinde sich drüben in der Kirche.

Wie denn das Dorf geheißen habe, zur deutschen Zeit? fragte Jonathan, und die Antwort lautete: Rosenau.

Obwohl er die Landkarte vorher doch genau studiert hatte, in Hamburg schon und jeden Abend im Hotel, und es eigentlich hätte wissen können, daß sie heute durch das Dorf kommen würden – der Wunsch, seinen „Geburtsort" zu sehen, war wie weggewischt gewesen. Instinkt hatte ihn dazu gebracht, Hansi Strohtmeyer zu bitten, ausgerechnet hier zu halten.

Als sie heraustraten aus der Scheune und wieder hinübergingen, durch eine Gänseschar hindurch, erklärte er den Leuten, daß er hier geboren sei, auf einem Treckwagen, und auch Hansi Strohtmeyer, der inzwischen eingetroffen war, kriegte es zu wissen, daß die Mutter dabei draufgegangen war.

Der Alte verstand sofort, was Jonathan da erzählte, und er gab es weiter: Dieser „Pan“ ist hier geboren, in diesem Dorf, und das ist doch sehr merkwürdig!

Eine Flasche Schnaps wurde geholt, und jeder kriegte einen Schluck, und dort drüben stand die Kirche, in der damals die junge Frau abgelegt worden war, und gleich daneben lief ganz richtig die Straße, auf der der Wagen seines Onkels gestanden hatte.

Jonathan ging hinüber zur Kirche, einem ziegelroten Backsteinbau, dessen Blenden weiß gekalkt waren. In Schleswig-Holstein hätte diese Kirche stehen können, ohne weiteres, oder in Mecklenburg, „Unseren gefallenen Helden“. Er näherte sich ihr von hinten. Um zu ihr zu kommen, mußte er einen glitschigen Abhang hinuntersteigen. Da unten rinnselte ein Bach entlang, so ein Bach für Kinder zum Steine-Hineinschmeißen, und über dem Bach lag eine Betonschwelle, damit die Kirchgänger den Weg abkürzen konnten.

Als Jonathan sich den Abhang hinuntertastete, rutschte er aus und schlug mit dem Hinterkopf auf. Wie ein Kugelblitz fuhr Helligkeit in sein Gehirn.

Er war einen Augenblick benommen, jetzt hat sich etwas geändert! dachte er. Dieser Keulenschlag hatte die Gedanken- und Bildpartikel seines Gehirns für Sekunden zu Sternen und Klanglinien formiert, unentschlüsselbar und doch bedeutsam.

Ganz allmählich löste sich die Starre. Gott sei Dank hatte es niemand gesehen, die andern gingen vorn herum, denen war dieser Weg zu abenteuerlich gewesen. Jonathan schämte sich, daß er hier mit seinen dreiundvierzig Jahren ausgerutscht war und hingefallen.

Wenn die Winkelvoss hier gestürzt wäre, das hätte lustig sein können, dachte Jonathan, mit all ihren Tüchern und Ketten und Klimbim. Dann hätte er mit Hansi Strohtmeyer noch lange was zu lachen gehabt.

Jonathan balancierte über die Betonschwelle und erstieg den kleinen, mit Brennesseln bestandenen Hang, und da stand er auch schon auf dem kleinen Friedhof der Kirche. Frische Gräber mit Holzkreuz, verwelkte Blumen und Kränze und Grabsteine aus der deutschen Zeit, deren Namen Buchstabe für Buchstabe mit einem Meißel herausgehauen worden waren. An der halbeingestürzten Kirchenmauer standen wilde Büsche, Flieder, Haselnuß, Jasmin und Goldregen. Jonathan war ganz allein, und er starrte auf eine Stelle an der Mauer, und er wußte: Dort liegt sie. Er war nicht traurig, auch nicht glücklich, er wunderte sich nicht einmal darüber, daß er hier auf einem Friedhof stand, nicht kalt war ihm, nicht warm, ein bißchen Sonne, ein bißchen Wind. Er hätte weitergehen können, aber er hatte sich festgeguckt und festgehört. Den Humusboden sah er, die Efeuranken, eine Hummel hin und her, dazu Spatzen, ein Flugzeug und die Stimmen der andern. Gleichzeitig sah er, und das störte ihn, das Bild vor sich, das bei den Kuschinskis an der Wand gehangen hatte, das Kaufhausbild mit der jungen Mutter, die auf einer Wiese liegt und ihr Kind über sich hebt.

Als Frau Winkelvoss von der Straße her rief: Hallo! ob er da träumt oder wie? riß er sich los und ging hinüber zu den andern. Sie hätten etwas Wundervolles erlebt, sagte sie, sie hätten die Kirchentür geöffnet, und in dem Vorraum habe eine Lehrerin gesessen mit ein paar niedlichen kleinen Kindern (sie sagte „Würmern"), Kommunionsunterricht ganz offensichtlich! Auf alten Bänken, wie vor hundert Jahren!

Im Vorraum, in dem damals seine Mutter abgelegt worden war, neben dem Kasten mit den schwarzen Gesangbuchnummern, saßen jetzt also Kinder. Jonathan hatte nicht das Bedürfnis, sich das anzusehen. Hätte er den Kindern erklären sollen: Denkt mal, vor vielen, vielen Jahren ist hier das und das passiert?

Hier ist sie also draufgegangen, dachte er, und es störte ihn nicht, daß sich Anita Winkelvoss seinen Unterarm griff und von Herzen drückte.

Jonathan ging zum Auto. Eine Art Lebensbenommenheit hatte sich seiner bemächtigt. Er vermißte in sich ein starkes Gefühl, das es ihm ermöglicht hätte, das, was sich hier ereignet hatte, auch mimisch auszudrücken. Er fühlte sich unbeteiligt und war doch ganz bei der Sache, er war „außer" sich und doch im Bilde.

Am Auto stand Hansi Strohtmeyer und sah ihn an. Und als er einsteigen wollte, sagte der Mann, der schon eine Rallye in der Sahara gefahren hatte und in Südamerika in einem Fluß steckengeblieben war, zu Jonathan: „Und dein Vater?" Und das erst ließ Jonathan aufschluchzen. Er faßte sich an den Kopf und konnte sich gerade noch ins Auto retten, einen jungen Leutnant in Reithosen sah er vor sich, einen „Deutsche-Wehrmacht-Leutnant", mit silbernem Verwundetenabzeichen. Er sah ihn am Strand der

Nehrung stehen, mit dem Feldstecher die See absuchen – „Wann kommen sie uns holen?" – und hinter ihm klapperten die Flüchtlingstrecks von Osten nach Westen und von Westen nach Osten. Jonathan schlug mit der Faust auf die Lehne, und es hämmerte in seinem Gehirn: Alles umsonst! ALLES UMSONST! Und er meinte damit nicht den Tod seiner Mutter und nicht den des Vaters, der „ins Gras hatte beißen müssen", nicht die Schlafcouchen, die sein Onkel fabrizierte, sondern die Qual der Kreatur, das an den Pfahl gehenkte Fleisch, das Kalb, das er gesehen hatte, gefesselt und geknebelt, den Verschlag in der Marienburg zur Marter vorbereitet, den schlurfenden Zug der Menschen unter einem verdammenden Himmel.

Es ist alles umsonst! dachte er immer und immer wieder. Und: Wer hat die Schuld?

17

Auf der Weiterfahrt wurde alles durchgehechelt, wie nett der alte Bauer gewesen sei, kaum noch Zähne im Mund und nicht verstanden, was er eigentlich wollte, aber doch furchtbar nett. Und die andern Leute auch alle nett, sagte Frau Winkelvoss, mit denen würde sie es zusammen aushalten, in Notzeiten, wenn es mal anders herum kommt.

„... nicht eine Stunde", sagte Hansi Strohtmeyer, doch das wurde übergangen.

Furchtbar nett war die Sache mit den Äpfeln gewesen, das hätten sie ja auch bleiben lassen können. Und dies Versteck! Wenn man da noch eine Weile nachgebohrt hätte? Was? Da hätte man gewiß noch nähere Einzelheiten herausholen können. Was wohl noch so alles der Entdeckung harrt, vergrabene Schätze! In fünfhundert Jahren stoßen sie drauf, wie auf Töpfe mit Goldstücken aus dem Dreißigjährigen Krieg.

Die Sache auf dem Friedhof sei ihm wohl

ziemlich nahegegangen? fragte Frau Winkelvoss. Sie habe ihn da so stehen sehen, habe gedacht: Was steht er da, was steht er da? und da habe sie gewußt: Jetzt muß ich ihn ansprechen, sonst passiert noch was. Am liebsten hätte sie ihn fotografiert – das wäre doch eine schöne Erinnerung gewesen.

Und die Kinder in der Kirche, wie brav sie da gesessen hätten! Frau Winkelvoss, die katholisch war, berichtete, daß ihr ein Kaplan mal eine runtergehauen habe, und seitdem sei sie nicht mehr in die Kirche gegangen.

Als sie fertig war mit diesem Erlebnis, gab sie das nächste Kapitel ihrer Adoptionsstory frei. Zwischendurch das „Gebetbuch“: „Nach fünf Kilometern links abbiegen. Achtung Pferdefuhrwerke“ – und dann die Story: Erst habe sie allein fliegen wollen, nach Brasilien, aber das hätte sie ohne ihren Mann gar nicht durchgestanden: Dies Bakschisch-Geben: Jedem Richter und jedem Rechtsanwalt eine Hundertdollarnote in die Hand drücken ... acht Tage habe sie für das Unternehmen gebraucht!

Mit einem Fiat Uno, sechs Erwachsene, bei fünfundvierzig Grad im Schatten! Achtundneunzig Prozent Luftfeuchtigkeit, Auto abgeschlossen, Fenster hoch! Schotterwege, riesige Schlammlöcher. Und die Menschen! Man sei wie durch Ameisenhaufen von Armut gefahren, Leute, die da in ihrem eigenen Unrat hausten.

Und dann, nach fünf Stunden Fahrt, das Waisenhaus, ein Eisentor, zweimal hupen, ein einsamer gehbehinderter Neger auf dem Hof, und auf einmal hätte sich die Tür des Waisenhauses geöffnet, und die Kinder seien wie hunderttausend Fliegen auf sie eingestürzt, alles Negerkinder, die hätten ganz genau gewußt, wenn Weiße kommen, dann nehmen sie welche mit. Und dann sei eine Greisin erschienen, die das Heim gegründet habe: „Jetzt wird's gleich geholt, das Mädchen, drei Monate alt, auf einer Treppe haben wir's gefunden." Das Kind sei ihr dann auf den Arm gelegt worden, und das sei schwieriger gewesen als die Geburt eines eigenen Kindes ... Dünnschiß gekriegt vor Aufregung und Bakterien.

Und dann wieder zu den Behörden: Fotografieren, Paßamt, Sozialamt, Gericht, alles noch mal retour ...

Jonathan saß in seiner Ecke und sah einen Strand vor sich, Sommer, das ferne Geräusch der Badenden. Und er sah seinen schicken Vater, zu

Pferd in den Dünen, wie er sich im Sattel hebt und zum Horizont schaut: Um die Siebzig wäre er jetzt, wenn er überlebt hätte, an sich vorstellbar, und die Mutter fünfundsechzig. Jonathan wünschte sich in die Isestraße nach Hamburg. Was hatte er hier in der Gegend herumzufahren? Isestraße – miese Straße – fiese Straße. Zu Ulla wünschte er sich nicht. Das stille Zimmer war es, mit dem Botero an der Wand und der Waschecke, von der aus er die Schulkinder sehen konnte, wie sie ihr Schulbrot den Enten zuwarfen, und der Gedanke an seine Arbeit, der ihn wollüstig erfüllte, die nordischen Göttinnen – vielleicht mal nach Flandern fahren oder nach Schweden?

Ulla Bakkre de Vaera – was sie wohl in diesen Tagen unternommen hatte? Was „unternahm" sie überhaupt? Was „trieb" sie? – An Langeoog dachte er, wo er sie kennengelernt hatte, in der Inselbuchhandlung, morgens, als er gerade seine Zeitungen kaufen wollte. Sie hatte ihn für einen Angestellten gehalten, und er hatte sie in dem Glauben gelassen, eine schwarze Bluse mit Silberstickerei und schwarze Seidenshorts, an den Seiten die Naht genau einen Zentimeter aufgetrennt. Ob er die Tagebücher von Novalis habe, hatte sie gefragt: Novalis in Langeoog, in der Inselbuchhandlung! Und dann waren sie lachend ins Caféhaus gegangen, so als ob sie das schon immer vorgehabt hätten, obwohl sie sich doch gar nicht kannten. Und nachts am kühlen Strand, und ihr Zynismus hatte ihm gefallen, wie sie über Leute geredet hatte, ganz ungeniert, mit freundlichem Lächeln, und wie sie ihn okkupiert hatte, von Anfang an.

So schnurrten sie dahin. Hansi Strohtmeyer freute sich über den westdeutschen Omnibus mit der Landsmannschaft, der leicht wippend vor ihnen herfuhr, aus Düsseldorf kam er, ein Superbus mit Klimaanlage und Toilette, ein „beinfreier" Superbus. Die Chausseebäume wogten ihre Kronen im Fahrtwind, und es war ganz aussichtslos, ihn zu überholen.

Nach einer Stunde bog der Bus nach links ab, genau dort, wo die Santubara-Crew auch abbiegen wollte. Auf schmaler Straße ging es in den Kiefernwald hinein, und dann kam ein Schild: „Byla Wojenna Kwatera Hitlera", die Wolfsschanze, Hitlers Hauptquartier.

Der Magirus-Deutz-Bus glitt lautlos auf den Parkplatz, und bevor noch all die einäugigen, einbeinigen und einarmigen Herren mit ihren rotbackigen Gattinnen aus ihm herausquollen, fuhr Hansi Strohtmeyer an ihm vorüber und parkte auf einem Spezialparkplatz neben einem Campingwagen, aus dem eine dunkelhaarige Frau herausguckte.

Vom Parkplatz aus war noch nicht viel zu sehen – das Führerhauptquartier! –, wenn man einmal von dem großen gesprengten Bunker absah gleich am Eingang: Hinter einem hohen Drahtzaun bogen sich Stahlstangen aus den klaffenden Ritzen. Ein bißchen wie im Tierpark war es, wo man mit etwas Glück, bevor man noch hineingegangen ist, einen Bären sehen kann auf nachgemachtem Felsen, und in der Ferne schreien Papageien.

Eine Bude mit Loch in der Fensterscheibe für Eintrittskarten – Fotografieren verboten! – und daneben eine Tafel mit Erklärungen in fünf Sprachen, damit man nicht so stieselig durch die Gegend rennt: Nr. 13 ist der Bunker Hitlers, Bunker 16 Göring und 19 Keitel, Nr. 15 ist überhaupt kein Bunker, das war eine Teestube, und ein Kasino gab es hier auch. Der Landsmannschaftsführer setzte die polnische Kassiererin davon in Kenntnis, daß sie alle es zutiefst bedauerten, daß Deutsche ihrem Vaterland so viel Schlimmes angetan hätten, und er braucht eine

Sammelkarte für sechsunddreißig Erwachsene und drei Kinder. Ob es da eine Verbilligung gibt?

Hansi Strohtmeyer machte sich Gedanken wegen des Campingwagens, der sah nicht sehr vertrauenerweckend aus. Er überlegte, ob er nicht noch mal zurückgehen soll und den Wagen woanders parken?

Nein, es war nicht nötig. Der gelbe Lada des Begleitkommandos war bereits erschienen, der parkte am Waldrand. Herr Schütte hatte ein wachsames Auge auf den kostbaren Achtzylinder.

Jonathan dachte an Stauffenberg, Held und Verräter, er versuchte sich vorzustellen, wie dem wohl zumute gewesen war mit seiner kleinen Pistole am Koppel, Frau und Kind, als er hier eintraf, die schwere Aktentasche unterm Arm. Die Flucht war möglicherweise sorgfältiger zu planen gewesen als das Attentat! Ticktick-tick, die Uhr am Tischbein. Wieder rauszukommen aus der Baracke, ohne daß das auffällt! Mit sorgfältig zurechtgelegten Gründen sich davonmachen, und dann schnell und schneller werdend die verschiedenen Sperrkreise verlassen ... Und in Berlin empfangen sie ihn: Alles ist aus, und anstatt ihm die Hand zu schütteln und sich zu bedanken, stellen sie ihn an die Wand.

Jonathan dachte auch daran, ob sein Vater hier wohl mal zu tun gehabt hatte, und das Gesicht Stauffenbergs schob sich vor den Vater, und er dachte, wenn er sowieso sterben mußte, wieso hat er Hitler dann nicht gleich abgeknallt?

Frau Winkelvoss zögerte einen Augenblick mit dem Hineingehen. Sie mochte meinen, daß die Besichtigung dieser Kuriosität doch wohl eher Männersache sei. Zwei struppige Männer, die offenbar zu dem Campingwagen gehörten, strichen an ihr vorbei und musterten sie frech. Doch bevor sie noch zudringlich werden konnten, wurden sie von der Frau aus dem Campingwagen angerufen, und alles war in Ordnung. Frau Winkelvoss sah Jonathan in seiner intellektuellen Schlankheit, die gepunktete, schlecht sitzende Fliege – und sie dachte an das Stündchen am See, und ihr kam es plötzlich, daß sie sich mit diesem Menschen ja noch gar nicht befaßt hatte. Immer nur mit Strohtmeyer geredet, den sie doch sowieso schon kannte, anstatt sich mal bei diesem Sonderling einzuhängen, der in Redaktionen aus und ein ging und schon in Amerika gewesen war, zu Zeiten, als noch niemand anders in Amerika gewesen war?

Als Jonathan sich anschickte hineinzugehen

in die von Gras überwachsene bemooste Kultstätte, das Notizbuch in der Hand, um seine Eindrücke brandfrisch zu notieren und womöglich sofort gegen den Strich zu bürsten, schob sie sich an ihn heran und begann ein Gespräch. Ob er wirklich meine, fragte sie ihn, daß diese Nazischeiße für die Rallye-Journalisten interessant sein könnte, ob man das nicht lieber lasse, weil da falsche Gefühle geweckt werden würden? Eigentlich sollten sie doch bloß die neuen Achtzylinder ausprobieren, was hat das mit Hitlers Bunkern zu tun? Und dann hielt sie Jonathan, aus weiß Gott was für Gründen, einen Werbevortrag über Sizilien, wo es auch Ruinen zu besichtigen gebe, denn immer wenn eine neue Kultur das Land überzogen habe, sei die vorgefundene plattgemacht worden und die Menschen ausgerottet.

Während sich in Jonathan Les Préludes von Liszt vernehmen ließen und jener Offizier zu sehen war auf den Champs-Élysées hoch zu Roß, der den deutschen Soldaten, die am Arc de Triomphe an ihm vorbeimarschierten, grüßend zuwinkt, redete Frau Winkelvoss auf ihn ein. Sie sprach von unwahrscheinlicher Hitze und vom Stromboli, neunhundertsechsundzwanzig Meter hoch und immer noch aktiv! Jonathan mußte daran denken, daß auf diesem Waldweg jener gebückte, schlotternde Mann mit seinem Schäferhund auf und ab geschritten war, der es gemacht hatte, daß Menschenmassen mit blutigen Messern sich die Gurgel durchschnitten. Und darüber schob sich ein Foto, das er mal gesehen hatte, Winter '41 – wie im Schneesturm drei verlorene Landser ihr Pferd peitschen, das unter ihren Schlägen aus der Schneewehe herauszuspringen versucht. Unterdessen rühmte Frau Winkelvoss die Natur Siziliens, diese flache, wellige Landschaft, im Frühling müsse er hinfahren, da sei sie von einem Blumenflor überzogen, obwohl die Leute da unten ja alles abgeholzt hätten.

Frau Winkelvoss redete und redete, aber plötzlich wachte sie auf: Daß Jonathan schwieg, bemerkte sie erst jetzt. Ob ihm das mit seiner Mutter noch immer nachgehe? fragte sie ihn. Sie habe ihn da stehen sehen, wie angenagelt, und da habe sie gedacht: Den mußt du jetzt sofort rufen, sonst passiert was, sie habe es gespürt, daß etwas Besonderes um ihn gewesen sei.

So gingen sie in die schwarze Baumschlucht hinein: Wie in einem schlechten Film fing es sacht an zu regnen. NIE WIEDER KRIEG! Große Mahn-Bildtafeln rechts und links des Weges forderten zum Besuch einer didaktisch aufbereiteten Tonbildschau auf, doch Jonathan verzichtete auf Belehrung, er strebte dem originären Erlebnis zu, Syberberg, Fest, Speer, er wollte die Relikte des Dritten Reiches anfassen, spüren, einatmen, von Wochenschauaufnahmen hatte er die Nase voll.

Aus der Brieftasche holte er einen fotokopierten Lageplan, Gott sei Dank mitgenommen das Dings, so würde es ihm nicht passieren, daß er den Bunker Himmlers mit dem Bunker Görings verwechselte. Und da lagen sie auch schon, die Betonwürfel links und rechts des Weges, Betondecken von fünfzehn Metern Dicke, die Ecken abgeflacht, und obendrauf von Moos überpelzte Netze mit Plastikpflanzen zur Tarnung.

Hansi Strohtmeyer drängte sich neugierig an ihn – das wollte er denn nun doch gern wissen, welcher Bunker wem gehörte … mit Größenangaben: soundsoviel Meter hoch, breit und dick. Daß unter der Betondecke, im Erdboden also, noch weitere sechs Stockwerke lägen, in denen wahrscheinlich noch alles intakt ist, Schreibtische, Doppelstockbetten, Kartenschränke. Kein Mensch traut sich da rein, weil man im Erdreich Glasminen vermutet …

Die Bunker waren zwar gesprengt worden, soundsoviel Güterwaggons voll Dynamit, aber alles nur angekratzt.

Strohtmeyer überlegte, vielleicht könne man da als Höhlenforscher mal nachsehen? Sich mit einem roten Strick um den Bauch hineinwagen in die Tiefe und dort auf Skelette in Uniform stoßen, über einem Feldtelefon zusammengesackt?

Während Jonathan dem völlig sprachlosen Kollegen exakte Erklärungen lieferte, mußte er sich zwischendurch von Frau Winkelvoss über Sizilien belehren lassen. Daß die Bahn, die um den Ätna herumführt, wie eine eiserne Wurst aussieht und dann das Rumoren im Innern des Vulkans, das Puffen und das Kollern ...

Der weiche, sanfte Regen, der von den Zweigen der Bäume herabtropfte, auf die Bunker und an den Wänden herunterfloß. Die wuchernde Natur, jetzt feuchtglänzend, die Moose an den Wänden der Betonklötze, der humose Waldweg – die Stille über allem: Das war mit geblähten Nasenflügeln einzusaugen. Jonathan sah die Bunker wie Steinsetzungen, zwischen denen sich in den letzten Tagen der Menschheit, im Rot der untergehenden Sonne, die letzten Überlebenden versammelten.

Was die Polen wohl dächten, wenn sie hier durchgingen, sagte Frau Winkelvoss, ob die wohl regelmäßig die Schulkinder hierherführten? Das sei ja der beste Anschauungsunterricht, den man sich denken kann.

Strohtmeyer fragte sich, es sei doch sonderbar, wenn Hitler sich seiner Sache so sicher gewesen sei, warum er denn diese Bunker hier gebaut hätte. Ausgerechnet der Mann, der den Blitzkrieg erfunden hat, habe sich in solchen Betonungetümen verborgen! – mit diesen Dingern hätte er ja sogar noch Atombomben aushalten können.

Ja, das war in der Tat merkwürdig, und Jonathan wunderte sich, daß er nicht selbst darauf gekommen war. Er beschloß, das aufzuschreiben und in seinem Artikel zu verwenden. Und dann natürlich auf die Parallelen zur Marienburg hinweisen. Scharnhorst zitieren, wie war das noch, wer sich einigelt, hat den Krieg schon verloren?

Görings Bunker, Jodls Bunker, Keitels Bunker – beinahe wären sie an dem historischen Platz vorbeigegangen, dem Ort, wo die Bombe explodiert war! Von der Baracke, in der Hitler mit Nickelbrille seine Lagebesprechungen abgehalten hatte, war nicht mehr viel zu erkennen, die Fundamente waren noch auszumachen. Jonathan dachte an Fotos von Hitlers Kammerdiener, wie der die zerfetzte Hose des Führers den Journalisten zeigt, der verbundene Kopf eines Generals und das Foto von Mussolini, wie Hitler ihn vom Bahnhof abholt und ihm berichtet, was er wieder für ein Glück gehabt hat, die Vorsehung usw. – Im Hintergrund der triumphierende Bormann.

Unweit davon Hitlers Bunker. Mit fünfzehn Tonnen Dynamit war ihm nicht beizukommen gewesen, der hatte sich nur ein wenig zur Seite geneigt, und so stand er noch da und so würde er noch in tausend Jahren stehen.

Ein polnischer Junge kam gelaufen und winkte sie heran, hier, hintenherum wäre ein verborgener Eingang, da könne er sie hineinführen, da wär' noch nie jemand drin gewesen. Die drei hatten keine Lust, sich auf gefährliche Entdeckungstouren zu begeben.

Jonathan fotografierte noch ein paar Kuriositäten, Graffitis: „Hitler kaputt!" und, an die schräge Klotzwand eines gesprengten Bunkers gelehnt, ein paar dünne Äste, als ob man damit das Umstürzen des Bunkers verhindern könnte. Das hatte hier wohl eine Schulklasse arrangiert, auf das Geheiß eines Kunsterziehers: ein Witz also, der zeigen sollte, daß Menschheit über Geschichte hinweggeht, vielleicht sogar leichten Herzens.

Witzig kam Jonathan ein volkseigener Plastikpapierkorb vor, der direkt neben Hitlers Bunker angebracht war.

Jonathan steckte einen Mauerbrocken ein, den würde er seiner Freundin Ulla mitbringen. Schade, daß der berühmte Film von der Strangulierung der Verschwörer, den Hitler sich hatte anfertigen lassen, nicht erhalten war. Dieses Dokument im Rahmen der Grausamkeitsausstellung, gegen Extraeintrittsgeld in einem schwarz verhängten Kabinett vorführen im Nonstopverfahren? Schließlich hatten die Kameramänner doch wohl auch bei diesem Film die ästhetischen Gesetze ihrer Arbeit angewandt, Nahaufnahme, Zoom und Schwenk?

Der Regen hatte aufgehört. Als sie dem Ausgang nahe waren, kam ihnen die Omnibus-Kameradschaft entgegen, die Damen und Herren, die sie schon auf der Marienburg und in Sensburg gesehen hatten. Sie hatten sich an der Tonbildschau erquickt, und nun freuten sie sich darüber, daß sie das jetzt in Augenschein nehmen durften, zu dem sie in den glorreichen Zeiten nicht zugelassen worden wären.

Das Auto war noch da. Die beiden Polen waren offenbar zu der Frau in den Campingwagen gestiegen, man konnte sie lachen hören, und gleich darauf schaukelte der Wagen rhythmisch hin und her.

Der Busfahrer, draußen, hatte sich auf eine Bank gesetzt, mit Käsebroten und Thermoskanne. Hansi Strohtmeyer erbat sich eine Besichtigung der Fahrerkanzel. Er durfte sogar den Motor anwerfen und zwei Meter vor- und zurückfahren. Wenn er auch durch afrikanische Wüsten georgelt und in einem südamerikanischen Fluß steckengeblieben war, dies war ein Erlebnis, das die Besichtigung von Betonklaftern bei weitem übertraf. – Nun aber schnell wieder ausmachen das Dings, wenn hier ein Milizmann gekommen wäre und nach dem Führerschein gefragt hätte – das wäre nicht gut gegangen.

Als sie endlich weiterfuhren, meinte Jonathan seinen Vater im Eingang eines Bunkers stehen zu sehen. Hatte er sich untergestellt? Wie lange sollte das noch dauern?

18

Spät am Abend waren sie nach Danzig zurückgekehrt, irgendwie vertraut mit dieser Stadt nun schon, „die Gassen so schmuck", wie Anita Winkelvoss es ausdrückte. Der Touristik-General hatte sie wegen des gestohlenen Wagens erwartet, ihm tue es aufrichtig leid, hatte er gesagt, ihm sei die Sache ganz entsetzlich peinlich ... Sein Vaterland hatte eine Rufschädigung erlitten, aber es war um einen Achtzylinder reicher geworden, so wie es reicher werden würde durch die sechsundzwanzig Journalisten, die demnächst über die schattigen Straßen des Landes, das jetzt und auf immerdar zu Polen gehörte, fahren würden und viel Geld dalassen.

Von Herrn Schmidt, dem weltgewandten Gourmet, war zu erfahren gewesen, daß er nun leider doch nicht kommen konnte, was mal wieder typisch war! Erst die Pferde scheu machen und dann abtauchen. Ob Jonathan nicht ein paar Aufzeichnungen über die Speisekarten gemacht habe, war gefragt worden.

Sie waren sich vorgekommen wie in der Feuerzangenbowle, als sie die Treppen zum Restaurant „Pod Łososiem" hinaufstiegen, in dem es gediegen zuging zu der Musik einer Band, die sich „Hot Chocolades" nannte. Ein Bettler, der ihnen hatte folgen wollen mit geöffneter Hand, war vom Türsteher zurückgewiesen worden.

Brotsuppe mit Wurst, ein Stück Aal oder eine Zanderschnitte? das war die Frage gewesen. Hansi hatte sich an Piwo gehalten und Anita Winkelvoss an einen gelbfarbenen Likiery, und zwar Bananowy Havana Club zu hundertfünfzig Zloty das Glas. Der Wein sei ihr als trockener zu süß, hatte sie mal wieder zu dem verdutzten Kellner gesagt. Morgen würden sie wieder zu Hause sein! Das hatte sie fröhlich gestimmt.

Das Ende des Abschiedsfestes hatte Jonathan nicht mehr miterlebt, er war gegangen, sein Phantom suchen. Das vorgeschobene Knie unter der Decke, dieser fleischene Globus: War es nicht ein Signal gewesen: Komm wieder?

Aber den Zettel fand er nicht, auf dem er sich die Straße notiert hatte, der war bei dem Diebesstück verlorengegangen. Er war durch die Gassen gestreift und hatte nach Art eines italienischen Tenors hinauf, hinunter gesungen: „Maria, carissima Maria!" Aber das Haus hatte er nicht wiedergefunden. Die Gassen waren feuerzangenbowliger geworden, mit Vollmond und Dampfertuten in der Ferne, und die Unternehmungslust hatte sich verflüchtigt.

„Schade für diese Leute", hatte Jonathan gedacht, als er ins Bett stieg, „denen hätte ich noch sehr nützen können."

Und dann hatte er sich überlegt, was er ihnen alles hätte zukommen lassen können, und dann nach Deutschland holen und mit Maria in Blankenese sitzen, ein Eisbechergebirge mit kleinem Papiersonnenschirm obendrauf, und sich an ihrem Erstaunen weiden, wie die Schiffe auf der Elbe langsam vorüberfahren, und man sitzt dann so gemütlich und ißt sein Eis – so was hatte sie bestimmt noch nie erlebt.

Was würden sie von ihm denken, wenn die Medizin nicht eintraf? „Typisch Westen", würden sie sagen, „satt und egoistisch."

Nach dem Frühstück entbrannte ein Streit, ob man noch zum KZ Stutthof fahren soll, ein Konzentrationslager, das in keinem Konversationslexikon steht?

„Ach nein, das führt zu weit", sagte Frau Winkelvoss, die um den halben Erdball geflogen war, um sich ein Kind zu besorgen. Sie habe einen Lehrer gehabt, der habe von morgens bis abends von diesen Judensachen erzählt, immer diese schrecklichen Bilder gezeigt, jahrelang, also, ihr Bedarf sei gedeckt. Und dann schickte sie sich an, zu repetieren, daß die Deutschen in Polen Juden erschossen hätten und in Auschwitz dann sogar vergast ...

Aber Hansi Strohtmeyer blieb fest, obwohl das KZ abseits der Route liege, mindestens „anbieten“ müsse man es den Leuten, die die Rallye mitmachten. Und um das tun zu können, müsse man da hinfahren und sich ansehen, wie das mit den Parkplätzen ist, und ob man da auch auf die Toilette gehen kann und 'ne Kleinigkeit essen. Unter den Journalisten wären doch bestimmt auch so Leute, die nur darauf warteten, daß man das KZ vergißt – und dann schreiben sie in ihre Zeitung, daß sich die Santubara-Werke offensichtlich mit ihrer automatischen Fahrzeugfertigung hinwegsetzen über den Holocaust – und sich statt dessen am Führerhauptquartier ergötzt; nein, er sah auf seine schwarze Uhr, die zwei Zifferblätter hatte, wasserdicht war und selbst in dreißig Meter Tiefe noch exakt die Zeit anzeigte, er fahre jetzt nach Stutthof, sie könne ja im Hotel bleiben und die Abrechnung fertig machen.

Das war Frau Winkelvoss sehr recht. Sie zog die Schuhe aus unter dem Tisch, steckte sich eine Zigarette an und bestellte eine „Citron' natür", wie sie sagte, wofür sie eine Sinalco kriegte. Und dann sortierte sie den Bernsteinschmuck, den sie unterwegs gekauft hatte, obwohl sie Bernstein an sich gar nicht mochte, und sah sich die Leute von der Landsmannschaft an, die sich in den Hotelshop drängten, um letzte Einkäufe zu tätigen: Daß es hier aber auch gar keine Wappenteller gab ...

Nun stellte sich die Frage, ob Jonathan mitfahren sollte. Und Jonathan saß verdammt in der Zwickmühle: Maria suchen oder sich das KZ ansehen? Ihm war sehr nach Maria zumute, aber das KZ so ohne weiteres schießen zu lassen, das konnte er nicht riskieren. Fünftausend Mark, über die sich außerdem noch reden ließe? Hier ergab sich die Gelegenheit für ein gründliches Gegen-den-Strich-Bürsten seines Artikels, es mußte also in den sauren Apfel gebissen werden. An Stutthof führte kein Weg vorbei.

Es war bereits neun Uhr und somit höchste Zeit, denn am Nachmittag sollte es bereits nach Hause gehn. Sie starteten also mit ihrem frisch gewaschenen Auto, an dem sich sonderbarerweise eine Nagelschramme befand, die Techniker standen da in ihrer grauen Kluft und grüßten, und diesmal saß Jonathan vorne. Das „Gebetbuch" ließ Hansi Strohtmeyer beiseite, ob da nun Schlaglöcher auf der Straße sind oder nicht, es ging geradeaus, und das konnte im Ernstfall auch ein Motorjournalist mitkriegen, der vom Autofahren keine Ahnung hat. „Die Siebecks des Autosports", wie Hansi Strohtmeyer diese Leute nannte.

Sie waren ziemlich wortkarg: Was nun käme, würde kein Zuckerschlecken sein.

Sie kamen durch Ortschaften, die früher einmal sehr sonderbare Namen getragen hatten, wie Jonathan auf seiner alten Karte sah, „Heubude" und „Bohnsack", „Neue Welt" und „Junkeracker", sie passierten eine grün gestrichene Drehbrücke und mußten sich mit einer Fähre übersetzen lassen über die Weichsel, ein Mercedes aus Düsseldorf mit getönten Scheiben stand bereits auf dem Schiff, ein Mann und eine Frau, mit getönten Brillen, ältere Herrschaften, ganz in Hellgrau und Weiß, die ohne weiteres wußten, daß dies noch eine Fähre aus der deutschen Zeit war und es einander so laut erklärten, daß alle es mitkriegen mußten: Nicht einmal das können die Polen, eine neue Fähre bauen.

Jonathan hatte nachgelesen: Dieser Weichselübergang war in den Januartagen 1945 ein Nadelöhr gewesen, hier hatten die Holzgasautos der deutschen Wehrmacht ihr Letztes hergegeben, und die Bauern hatten ihre Pferde gepeitscht. Und hier hatten britische Bomber ihren Auftrag erfüllt, letzten Flüchtlingen den Garaus zu machen, Menschen, die sich mit ihren Kommoden und Standuhren ans andere Ufer retten wollten, von Panzern der Roten Armee bereits unter Feuer genommen. In der Kanzel hatten die Gentlemen gesessen, in ihrer eleganten Lederkluft, Craven-A, schön warm und trocken, Dünkirchen noch frisch in Erinnerung. Nach unten hatten sie gezeigt: Wieviel Bomben haben wir noch? Los, noch einen letzten Angriff fliegen und es dem Gesocks da unten zeigen, was es bedeutet, einen Verbrecher wie Hitler zu wählen. Achtundneunzig Prozent für Deutschland? Also bitte. Und sie hatten die Fähre nicht getroffen – das war noch das Schönste!

Hansi Strohtmeyer nahm das Gebetbuch vor und trug es ein, daß hier zwar keine Brücke existiert, aber eine Fähre, die pendelt, und daß man sich nicht zu ärgern braucht, falls sie grade abfährt, wenn man da schweißgebadet ankommt, weil sie nämlich sofort wieder zurückkehrt, vorausgesetzt sie funktioniert.

Die Frische Nehrung. Ah, die konvexen Schaumstreifen, wie sie immer und immer wieder an Land schäumen, und die Kiefern, vom Sturmwind zerfleddert ... Was die hier mit Tourismus machen könnten! sagte Hansi Strohtmeyer, die könnten ja Geld scheffeln! Ohne sich die Hände dreckig zu machen! Die Werft in Danzig könnten sie sich dafür an den Hut stecken! Cafés, Hotels, Restaurants und Pferde vermieten, die dann am Strand entlanggaloppieren ... Und er machte sich Notizen, wo man ein solches Hotel hinbauen könnte, und er mochte, stiller werdend, die Summe seiner Rücklagen memorieren, ob es wohl dazu reichte, eines Tages.

Jonathan hatte gedacht, die Nehrung wäre mindestens zehn Kilometer breit, auf der Karte schien es so zu sein. Nun sah er, daß es sich lediglich um eine einzige Straße handelte, mit etwas Land links und rechts. Und hier, auf dieser schmalen Landzunge, waren die Flüchtlinge dann nach dem Todesmarsch über das vereiste Haff, als der Sack zu war, hin und her gezuckelt.

Nach Danzig waren sie nicht mehr durchgekommen und nach Pillau auch nicht. Also blieben sie stehen, dicht an dicht, Tag für Tag, Nacht für Nacht und sahen gen Himmel.

In Stutthof gab es eine „angenehme Überraschung“, wie Hansi Strohtmeyer es ausdrückte: Das KZ nämlich „hatte zu“. „Heute geschlossen“, stand an der Tür. Irgendwie Gott sei Dank, dachten die beiden Männer. Sich die Baracken da angucken und im Museum womöglich den Strafbock, und dann von dem Museumsführer ausgelümmelt werden, sie als Deutsche, daß sie schuld sind am Tod von zigtausend ungarischen Juden …

Hansi Strohtmeyer rüttelte am Tor und schielte durch die Gitterstäbe – nichts zu machen. So wie er jetzt in das Gelände hineinguckte, so mochten damals die Menschen sich hinausgesehnt haben.

Unweit hielt der Mercedes aus Düsseldorf mit den getönten Scheiben. Mann und Frau waren ausgestiegen. Weiß der Himmel, was die hier zu suchen hatten! Vielleicht war der Mann bei der SS gewesen, war damals den Strand entlanggeritten, und die Häftlinge hatten die Mützen gezogen?

Nein, es verhielt sich anders. Die Frau war hier die Hauptperson. Sie hatte als Häftling in der Wäscherei gearbeitet und war daher mit dem Leben davongekommen. Sie hätten extra die weite Reise gemacht! sagte sie zu Hansi Strohtmeyer, von Connecticut nach Deutschland ... Ob die beiden nicht dran drehen könnten, daß hier mal eine Ausnahme gemacht wird? – Sie redete und redete, während der Mann mit unguter Miene um das japanische Santubara-Auto herumging und es musterte. Die Nagelschramme zog er mit der Fingerspitze nach.

„Nein, heute ist zu", sagte ein Pole, der des Wegs geschlurft kam, eine „Delegazi" aus Ungarn wollte sich die Überreste des Lagers in aller Ruhe ansehen, es konnte also nichts besichtigt und notiert werden. Da war auch mit fünf Mark nichts zu machen ... Er hat hier ein paar deutsche Geldscheine, sagte der Pole, die kämen ihm so komisch vor? Ob die noch gültig sind? – Nein, sie waren nicht mehr gültig, es handelte sich um sogenannte Rentenmark, stammten von 1934 und konnten getrost weggeschmissen werden, die nahm kein Heimatmuseum mehr entgegen. Auch die Herrschaften in ihrem getönten Mercedes hätten da nicht helfen können, die waren bereits weggefahren.

Als der Mann kapierte, daß er mit dem Geld nichts mehr anfangen kann, daß er also angeschmiert worden war, sprach er einen ziemlich ekelhaften Fluch aus, den mußten die beiden auf sich beziehen, da war nichts zu machen.

„Weißt du was?" sagte Hansi Strohtmeyer, „wenn wir hier schon nicht reinkommen, dann fahren wir wenigstens zu deinem Vater."

Das könne er nicht verlangen, sagte Jonathan, und er war ganz ablehnend, warum die alten Geschichten wieder aufrühren, und: war es nicht schon viel zu spät? Würden sie das Flugzeug noch kriegen?

Ein Bunker am Wasser, direkt bei Kahlberg, so hatte es geheißen, eine einzige Bombe sei es gewesen: „Ihr Herr Vater hat nichts gemerkt, er war sofort tot ..." Und Jonathan wollte da nicht hin, aber er wurde nicht gefragt. Hansi Strohtmeyer ließ sich nicht abbringen von seiner Idee, die ihm schon in der Nacht gekommen war. Er wendete den großen Wagen, und langsam fuhren sie an – es war ja auch bei Gott nicht weit. Auf die paar Kilometer kam es nun auch nicht mehr an, die machten sich auf dem Mäusekino des Testwagens kaum negativ bemerkbar. Und wenn er vorher auch recht schweigsam gewesen war, jetzt erzählte Hansi Strohtmeyer ausführlich von seinen Rennfahrten. In Afrika war es gewesen, da hatte er es mitgekriegt, daß ein Neger-Bauer im Jahr der Rallye nur Melonen angebaut hatte, weil er meinte, die Autofahrer und Journalisten, die durch sein Dorf kommen würden, wären scharf auf eine Erfrischung. Sein ganzes Geld und die Arbeit eines Jahres hatte der Mann in das Melonenfeld gesteckt, Tische aufgestellt und dann? Schschsch-t, das war alles gewesen. Eine halbe Stunde Donnerei und keine einzige Melone verkauft.

In Krynica Morska, also in Kahlberg, standen ein paar hübsche kleine Häuser, mit grüngestrichener Veranda zur Straße hin und Gladiolen am Zaun. Hier hatten einmal Deutsche gewohnt, kleine Leute, deutsche Häuschen waren das, mit deutschen Veranden, grün gestrichen. Das Eckhaus war vielleicht die Kommandantur gewesen, in denen Funker an den Klappen gesessen hatten und die letzten Befehle entgegengenommen. Ein deutscher Leutnant hatte hier vielleicht gesessen und nachgedacht, ob noch was drin ist für ihn, daß er hier abhaut.

Die Orientierung fiel nicht schwer. Auf der Kreuzung linksab ging's ans Wasser. Man hörte die Ostsee schon, und man roch sie: Hansi Strohtmeyer pflegte sie mit einem Supermotorboot zu durchschneiden, wenn er grade mal Zeit hatte, zwischen einem Rennen und dem nächsten. Jonathan hatte keine Erinnerungen an die Ostsee. Als Kind war er mit seinem Onkel Jahr für Jahr an die Nordsee gefahren, nach Langeoog, mit Papierdrachen, Schaufel und Eimer, und dann, Jahre später, hatte er Ulla Bakkre de Vaera dort kennengelernt, morgens früh, beim Buchhändler, als er seine Zeitungen kaufen wollte. Sie war es gewesen, die mit der Geschichte begonnen hatte, und es waren schöne Zeiten gewesen, so ungewohnt und locker. Die an der Seite aufgetrennten schwarzen Shorts seiner Freundin kamen ihm in den Sinn, aber da muckte nichts auf in ihm.

Der Zufall ist im Leben die einzige Konstante, dachte Jonathan.

Am Strand lagen Fischerboote, gelb und blau gestrichen, und Männer waren dabei, die Boote mit Netzen zu beladen.

Ultraschall hatte es ihnen gemeldet, daß zwanzig Grad NNW ein paar Fische schwämmen. Mit ihren Kiemen würden sich die Fische in den Netzen verfangen, kleine und große, die man dann herauspflücken würde, Bauch aufschlitzen, die Innereien heraus, und die schönen Damen in den sauberen Fischgeschäften verlangen, daß das Filet frisch ist, und mit guter Butter wird es gebraten.

Hansi Strohtmeyer ließ Jonathan vor sich herlaufen, wie einen Wünschelrutengänger, er beobachtete ihn aufmerksam, daß er nicht etwa ausbricht und womöglich sagt: „Weißt du, das hat hier keinen Zweck ..." Dafür hatten sie den Umweg nicht auf sich genommen! Hansi Strohtmeyer nahm nicht an, daß Jonathan wüßte, wo genau sich der Bunker befand, in dem sein Vater gesessen hatte, der dann auf die Idee gekommen war, hinauszugehen in die Nacht: eine Zigarette anstecken, Feuerzeug an, und das war es dann gewesen. Er verfolgte Jonathan, um ihn zu zwingen, nicht abzulassen vom Suchen. Das mußte der Instinkt nun schon noch hergeben, daß man die Stelle findet, wo der Vater zugrunde gegangen ist.

Jonathan wußte in der Tat nichts. Er hörte das Wasser und die Möwen, er sah die Fischer ... Er hatte nie richtig hingehört, wenn es geheißen hatte: ein Bunker in den Dünen, direkt am Wasser, daß da der Vater umgekommen wär'. – Daß sie nicht mehr viel wiedergefunden hätten von ihm, das war schon interessanter gewesen: das silberne Verwundetenabzeichen hatten sie aufgeklaubt, und im Strandhafer hatte noch ein Schuh gelegen.

Jonathan mußte sich zwingen, an den Deutsche-Wehrmacht-Leutnant zu denken, der sein Vater gewesen war, Mütze in Feldausführung, mit Kniff, Breeches. Ein fremder Mann und doch ganz nah und noch da, wieder da. Eine harte, unrasierte Wange an seiner Wange, und den Koffer mit Tagebüchern und Briefen, der in Bad Zwischenahn bei Onkel Edwin auf dem Dachboden stand – bis heute nicht geöffnet. Ein Toter war sein Vater, der es mitkriegte, daß man hier und jetzt seine letzten Erdensekunden aufsammelte, ein Toter, der sich drüben nun erhob aus dem warmen Schlamm – so lange gelegen, so lange geschlafen ... Eine Seele, die jetzt herüberguckte, ob man sie meint? Oder ob das nicht vielleicht ein Irrtum ist? Was hatte er zu schaffen mit diesem jungen Mann da unten, dem der Seewind die Haare nach vorn wirft, der jetzt geradewegs auf jene Stelle zuschreitet, auf der es damals geschehen war, wo der Blitz ihm den Kopf abgerissen hatte und die Gliedmaßen atomisiert.

Jonathan war bereit, „hier war es!“ zu rufen, damit die Latscherei im Sand ein Ende hätte, aber das wäre nicht gegangen, das hätte Hansi Strohtmeyer nicht akzeptiert. Der wurde aufmerksamer mit jeder Minute, der wollte es jetzt wissen, ganz genau.

Es war ein schöner Tag, und Jonathan sah auf das glatte, schwabbende Wasser hinaus, bis zum Horizont, der im Dunst lag. Von der hölzernen Terrasse, die früher wohl mal ein Tanzcafé gewesen war, „Sommer, Sonne, Erika!", sahen Soldaten herüber, die hier Wache hielten, mit Ferngläsern, und die Fischer an den Booten hielten inne und sahen auch herüber, was der junge Mann da herumzustehen hat, mit seiner gepunkteten Fliege, eine kleine senkrechte Figur in der breit daliegenden Natur.

Jonathan wandte sich ab und sah zu den Dünen hinauf, und da bemerkte er eine Funkantenne. Er tat ein paar Schritte, ungelenk durch den weichen Ostseesand, und er sah, daß es sich um einen Beobachtungsposten des Militärs handelte, eine Baracke, vor der die Trümmer eines kleinen Bunkers lagen. Jonathan zeigte es Hansi Strohtmeyer: Da ist es. Sie gingen weiter, auf zwanzig Schritt kamen sie heran, da wurden sie angerufen von den Soldaten, die da Wache hielten, die aufpassen mußten, daß sich von See aus niemand dem heiligen Vaterland nähert: Was sie hier zu suchen hätten, riefen die Soldaten, und Hansi Strohtmeyer übernahm es zu antworten. Sie hätten gedacht, das wäre hier eine Eisbude, viel heiß heute, und Jonathan stellte sich mit dem Rücken zu dem Bunker, und er sah nun das, was sein Vater in den letzten Stunden seines Lebens gesehen hatte. Er schickte seinen Blick bis zu den Rauchfahnen am Horizont, und wenn dieser Blick etwas Materielles gewesen wäre, eine Taube vielleicht, dann hätte er zurückkommen können als ein Echo. Alle Blicke, von dieser Stelle ausgesandt, hätten in diesem Augenblick zurückkommen können, das Fernglassuchen des Vaters – ob die Transporter nicht bald kommen – Dänemark! – die Hoffnungsblicke der Flüchtlinge, die Verzweiflung der Juden – ja die Gleichgültigkeit von Vorkriegsdamen, die sich mit Nivea einrieben und die Segelboote beobachteten, wie sie sich auf die Seite legen ... Alle Gleichgültigkeiten wären zurückgekommen, alle Hoffnungen, alle Verzweiflungen – als ein Windstoß von verblaßten Bildern.

Jonathan bückte sich und nahm ein wenig Sand und schüttete ihn in Marias Medizinfläschchen. Ein Kriminalinstitut hätte vielleicht mikroskopische Splitter seines Vaters ausmachen können zwischen den winzigen braunen, schwarzen und quarzenen Steinchen. Und das war das Ende der Zeremonie. Hansi Strohtmeyer rief: „Na denn tschüß!" zu den Soldaten. Die Fischer beugten sich über ihre Boote, die Vögel flogen davon, und der Deutsche-Wehrmacht-Leutnant, drüben, konnte zurücksinken in den warmen Schlamm, aus dem er aufgerufen worden war.

„Es war mein Sohn, der nach mir gesucht hat", flüsterte er seinen Kameraden zu, und die sagten es weiter: „Sein Sohn hat nach ihm gesucht."

Und Jonathan dachte: „Meine Mutter ist auf der Flucht draufgegangen, und meinen Vater hat es auf der Nehrung erwischt."

Ich habe dich bei deinem Namen gerufen, du bist mein.

19

Am späten Nachmittag landete die LOT-Maschine in Hamburg. In der bunten Reihe der Fluggäste, die aus dem Flugzeug stiegen, befand sich auch Jonathan Fabrizius, dem es die unpraktische, aber zünftige Reisetasche in die Kniekehlen schlug. Seinen Mantel hatte er überm Arm, und die Rolle mit Memlings Jüngstem Gericht in der Hand, für Ulla als Mitbringsel gedacht, die Verdammten, wie sie in die Hölle purzeln, und die faden Seligen, hinauf zu Gott. Etwas zerstreut war Jonathan: Die Reise hatte ihn doch mehr angestrengt als gedacht. Dies war nicht ungünstig für das Wiedersehen mit seiner Freundin. Sie würde ihn anschauen, und sie würde sagen: „Wie siehst du abgespannt aus, Lieber?" Und dann würde es Gebratenes aus der Pfanne geben, und er würde erzählen, was die Reise für ihn gebracht hat. Sie würde ihm zuhören, ohne weiteres, und in der Nacht würde dann gepfiffen werden.

In der Halle, unter den Gongansagen für die Passagiere, die nach Teneriffa wollten und dort die Nachsaison nutzen fürs Baden, Essen, Schlafen ... gab ihm die pludrige Frau Winkelvoss, die achtunddreißig Jahre alt war, ihre Karte, daß er sie anrufen soll, wenn er mal in Frankfurt ist, sie habe ein Gästezimmer, Klo separat, da könnte er jederzeit nächtigen, ihr Mann würde sich freuen. Sie nannte ihn „Joe". Und dann kriegte er einen Kameradschaftskuß. Sie würde zu Mann und Kind heimkehren, einem Mann, der sich die Haare übers Ohr kämmte, und einem Kind, dem „Milchkaffee" nachgerufen wurde.

Hansi Strohtmeyer gab ihm die Hand, der „Fahrer" mit den eisernen Nerven, und er drückte sie derartig, daß Jonathan zusammenknickte. Er sah sich den Mann noch einmal an, und er zögerte.

Es ist eine Episode gewesen, dachte er. Solche Menschen gibt es wie Sand am Meer ... Und „es hat keinen Zweck", sagte er leise und fuhr nach Eppendorf in einem Taxi, in dem ein Schlager für Unterhaltung sorgte.

O, o, o in Mexico ...
o, da sind die Jungens froh,

denn alle schwarzen Mädchen,
in jedem Urwaldstädtchen,
die wackeln mit dem Po!

Einen Augenblick überlegte Jonathan, ob er nicht erst noch bei Albert Schindeloe reingucken sollte; daß das Leben in der BRD absolut zum Kotzen ist, sagen, und ihm erzählen, daß man da bald mal zusammen hinfahren sollte, nach Ostpreußen, wenn man einmal in Ostpreußen war, das läßt einen nicht wieder los, diese herrlichen Alleen – noch aus deutscher Zeit! – und das sympathische Chaos der Polen ... Jonathan wußte ganz genau, daß er nie wieder nach Ostpreußen fahren würde: Florenz, die Paradiestür, oder das Castel del Monte, das war doch ganz was anderes als das ängstliche Ziegelgekachel der Marienburg. – Oder vielleicht nach Flandern, nordische Göttinnen suchen?

Er fuhr nicht zu Schindeloe, sondern er ließ sich in der Isestraße 13 absetzen. Er stürmte die Treppen hinauf, wie er es immer tat, und er überholte den ruckelnden Aufzug, in dem die Generalin gerade nach oben fuhr, und er schaffte es, sich eben vor ihr noch in die Wohnung zu retten. Und dann kam die große Überraschung: Sie war leer! Das heißt, sein eigenes Zimmer war natürlich nicht leer, aber das Zimmer seiner Freundin. Ulla Bakkre de Vaera hatte sich abgesetzt, mitsamt der Wattepads im Klo. Sie hatte die Gelegenheit genutzt und hatte sich ihrem Chef zugesellt. Die Mansardenwohnung im obersten Stock des Museums hatte sie überzeugt. Drei Zimmer, tapeziert in den Tapetenfarben des Frauenplans, und ein allerliebstes kleines Bad. Mit dem Kleintransporter des Kunstmuseums waren ihre Sachen hinübergebracht worden, und Dr. Kranstöver hatte ihr einen Gladiolenstrauß in die Hand gedrückt und eigenhändig ein Bild aus dem Fundus herbeigetragen, ein dänisches Bild, auf dem ein Mädchen zu sehen war mit einer Pudelmütze auf dem Kopf. Zu dieser Stunde hängte Ulla Bakkre de Vaera gewiß Bilder auf, im Museum, eine Kreuzabnahme vielleicht, und Dr. Kranstöver, in seinem Büro, legte das in Silber gerahmte Foto einer älteren Frau in seine Schreibtischschublade und steckte Geldscheine in die Brieftasche – ein paar Tage nach Frankreich fahren, ausspannen, bevor der Rummel mit der Ausstellung einsetzt. Einen Menschen zur Seite, dessen Rätsel es zu erkunden galt. Die Schale mit bitterem Tee gereicht bekommen, indessen die Eidechsen über den Bruchschiefer huschen. Vielleicht würde ihm ein gütiges Geschick noch ein paar goldene Stunden bescheren, die Zeit floh neidisch dahin.

Ja, Ullas Zimmer war leer. Und Jonathan verstand das nicht. Hier hatte sie gewohnt, Patiencen gelegt und dazu das Es-Dur-Klavierkonzert gehört, und nun war sie weg? Jonathan öffnete die Schiebetür, die sonst verstellt gewesen war durch Ullas Bücherwand, und er spazierte hinüber zu sich, zu seinem Ledersofa und dem Küchentisch und wieder zurück zu Ulla ans Fenster, auf dessen Bord kitschige Vasen gestanden hatten. Die Hochbahn ratterte vorüber.

Kein Zweifel, Ulla hatte ihn verlassen samt Callot-Zersägung und Gallet-Lampe, die immer ein so gemütliches Licht verbreitet hatte auf dem Tisch, wenn sie mit ihren zarten Händen die Blätter ihrer Grausamkeitskartei neu ordnete. Sie hatte ihre Sachen gepackt und war fortgezogen, vermutlich sogar mit Hilfe Albert Schindeloes. Die rechtsanwältischen Gründe für ihr plötzliches Verschwinden würde er in dem Brief lesen können, der auf dem Fensterbrett stand, darauf konnte er sich verlassen. Und alle Gründe würden plausibel sein, und er würde sie trotzdem nicht verstehen.

Wem sollte er nun von seinen ostpreußischen Tagen erzählen? Von seinen Vergangenheitserlebnissen, daß es nicht ungefährlich ist, sich mit Sachen zu beschäftigen, die man besser ad acta legt. Von der nordischen Göttin in Danzig, und von der Marienburg, daß die das Gegenstück dazu sei? Die ihn jedoch im nachhinein unbefriedigt lasse? Diese utilitaristische Anbauerei – nein, da war das Castel del Monte schon überzeugender.

Jonathan ging wieder hinüber in sein Zimmer und stellte die Tasche auf den Tisch. Er holte seine Notizen heraus und legte sie neben die Schreibmaschine, und dann tippte er im Stehen ein paar Buchstaben in die alte Maschine, so wie man es am Klavier tut, wenn man bei Freunden zu Besuch ist, e, fis, gis, h, c – und die Freunde sagen dann: Er ist traurig.

Das e klemmte, wie es das seit jeher tat.

Er dachte an Rosenau und an die Friedhofsmauer, und daß er gestürzt war, der helle Schlag auf seinen Hinterkopf, und er sah ein endloses Hintereinander von Türen, die sich ganz allmählich schlossen.

„Gleichviel ..." sagte er laut.

Das helle, sonnige Zimmer vorn: Er würde umziehen können, den Tisch vors Fenster stellen ... Ja, am besten wäre es, dachte er, er behielte beide Zimmer, dann könnte er schön auf und ab gehen, vorn und hinten rausgucken und noch mehr Bücher auf den Fußboden legen. Wie gut, daß er sich mit der Generalin angefreundet hatte, die würde dem zustimmen. Jetzt stand sie wahrscheinlich in der Küche und beugte sich über den Ausguß, um sich von ihrem Raucherauswurf zu befreien. Oder schob sie das Ohr gar an die Wand und horchte, ob er es leicht nimmt oder gar zusammenbricht unter diesem Schicksalsschlag?

„Abkratzen", dieses Wort kam ihm plötzlich, und er wußte auch, wen er damit meinte, und er versuchte vergeblich, das Wort zurückzudrängen – auf seinen Onkel war es gemünzt, der wie Julius Streicher aussah und doch ein so gutartiger Mensch war. Sechsundachtzig Jahre alt? Abkratzen würde er bald, damit war zu rechnen, und dann wäre die Miete für zwei Zimmer kein Problem.

Eigenartig, daß der Botero von der Wand genommen worden war. Das Bild stand auf dem Fußboden, der Nagel war ausgerissen und das Loch ausgemehlt.

Was das nun wieder zu bedeuten hatte?